リバーシブル
スカイ
黒い眸が震える。浅い二重の目が優しく細められて、涙が頬を伝う。
「よかった。ここに、いた」

リバーシブルスカイ

沙野《さの》風結子《ふゆこ》

ILLUSTRATION
和鐵屋匠《わがねやたくみ》

リバーシブルスカイ

プロローグ

部室棟の二階の窓から外を見れば、グラウンドのうえに初夏の真っ青な空が広がっている。陸上部、サッカー部、野球部の部員たちがそれぞれにまとまって移動していくさまは、海中に模様を描く魚群のようだ。

中井蒼一《なかいそういち》は、同年代の彼らに対して、いくらか年上の人間が向けるような眩《まぶ》しげな視線を向けてから、長軀《ちょうく》を白い半袖の運動着とジャージに包んだ。そして、部室棟から渡り廊下を通って、体育館へと向かう。

バスケットボール部とバレーボール部が占有しているメイン体育館の前を通り過ぎ、第二体育館と呼ばれている三階建ての建物へと入っていく。柔道部や卓球部などが入っているその建物の最奥には、二階分が縦にぶち抜かれたスペースがある。

吹き抜けになっている高い壁は不規則なパターンで波打ち、表面にさまざまな色と形状をした異物《ホールド》が無数に貼りつけられている。

人口壁の前に立つクライミング部部長の長谷《はせ》が振り返るなり、陽焼けした顔をくしゃっとさせた。

「よっ、中井」

蒼一は薄い唇に笑みを浮かべてそれに応えた。

「中井はもうすぐ登り納めかぁ…なあ、いまからでも俺と同じS大の推薦にしろよ。お前なら内申書楽勝だろ」

S大の山岳部は有名クライマーを多数排出している。毎年のようにOBによるヒマラヤ遠征隊が組まれ、学部生でも優秀な者には声がかかる。

アルピニストを目指す者にとっては多くのチャンスが用意されているわけだ。

長谷の誘いに、蒼一は心が揺れるのを感じる。

「医者なんかになったら、本格的なクライミングとはお別れじゃないか？」

「医大にだって山岳部はある。その前に受かるかわからないけどね」

「受かっちゃうよ、お前なら」

医学部への進学を望んでいるのは、蒼一自身より両親だった。

蒼一には弟がひとりいるが、そちらがどうも堅実な人生を送りそうにないと踏んだ両親は、長男に世間的尺度で成功と判定される道を歩んでほしがっているのだ。

壁に貼りつけられた無数のホールドを蒼一は見上げる。

いま高校三年の夏、目の前にはいくつものホールドの選択肢がある。次にどのホールドを選ぶかで、この先のルートは大きく変わっていく。

確信が持てないいまま壁にへばりついているときに覚える焦燥感《しょうそうかん》が、身体の底からどろりと込み上げてくる。

「あっ、ぶちょー、ふくぶちょー」

からりとした明るい声が背後から響いた。

長谷が後輩向けのちょっと厳しい表情で振り返る。

「ん？　昇《しょう》、そいつは？」

部活内では苗字で呼び合うのが基本となっているが、いま来た高校一年の少年だけは「昇」と下の名前で呼ばれている。少年の苗字が蒼一と同じ中井だからだ。

中井昇。親から堅実な人生を送りそうにないと見做《みな》されつつ溺愛《できあい》されている、蒼一の弟だった。

遠い昔にロシア人の血が混じっていて先祖返りしたらしく、蒼一も昇も色素が薄い。髪は薄茶色で、眸《ひとみ》はベースが灰色で瞳孔周辺に緑色の靄《もや》がかかっている。

兄弟の顔立ちでよく似ているところは瞼《まぶた》の肉の薄い奥二重ぐらいで、蒼一が鼻筋の通ったいくらか外国人めいた骨格であるのに対して、昇のほうは鼻筋がやや短くて愛らしい。

蒼一は学校で、特に部活中に弟と接するときは、他人のスタンスを取ることにしている。昇も心得たもので、学校では兄のことを副部長としか呼ばない。

昇がほかの先輩に対するのと同じように、蒼一にぺこんと頭を下げる。半袖シャツに学校指定の暗灰色にチェック柄の入ったズボン姿だ。

そうして、斜め後ろに立つ同じく制服姿の少年を指差した。

「陸豪士《くがたけし》」

身長は百六十五センチの昇と似たようなもので、すんなりした細身の体型をしている。

「おととい、うちのクラスに転校してきたの。なんかクライミング得意だとか言うんで対決——じゃなかった。勧誘してみました」

陸豪士の浅い二重の目の剣呑《けんのん》とした据わり具合からして、穏やかな勧誘などではなかったのだろう。昇がうっかり口を滑らせたとおり、クライミングの話からちょっとした言い合いになって、いざ対決となったのに違いなかった。昇は中学時代から数々のクライミングのジュニア大会に参加しては入賞を果たすほどの腕前で、いつもは明るくへらへらしていて人と衝突することもないが、クライミングに関することとなると熱くなりがちだった。

小鼻を膨《ふく》らませてやる気満々の弟に、蒼一は苦笑する。

「まずは着替えて来い」

「陸はまだ体育着ないから、俺も制服でします。条件は同じにしないとだもんな」

だもんな、と昇は陸に同意を求めるが、陸のほうはどうでもいいと言いたげに鼻を鳴らしただけだった。

「部長からも着替えるように言ってやってください」

長谷が陸に尋ねる。

「お前、本当に経験あるのか？」

「ヨセミテでよく登ってた」

「……ヨセミテって、アメリカのか？」

蒼一は思わず目をしばたく。

アメリカのヨセミテ国立公園といえば、クライミングの聖地だ。無数のルートを持つ広大な岩に世界中から集まったあらゆるレベルのクライマーが挑み、腕を磨く。

面白くなさそうに昇が言う。

「こいつ、帰国子女なの」

「ほーう。ヨセミテ仕込みじゃ、そりゃ本格的だな」

クライミングバカの長谷の興味はすっかり新入部員候補の腕前へと向いてしまっていた。長谷が蒼一にニヤニヤ顔を向ける。

「こいつらの制服の尻が破けて泣くのを見るのも面白いんじゃないか？」

蒼一は溜め息をついて、昇と陸を交互に見る。

「シューズの紐をきちんと締めろ」

学校の上履きに指定されている白いスポーツシューズの紐を締めなおさせて、蒼一はリードクライミングの準備を始める。

およそ五メートルの高さの壁の最上部に設けてある支点に通されたロープの、一方をクライマーの身体に着け、もう一方を地上のビレーヤーが持ち、クライマーが墜落した場合、宙吊りにするかたちで落下を食い止めるのだ。

「ぶちょー、俺の確保《ビレー》お願いしまーす」

昇が長谷に甘える。

昇は蒼一にはビレーを頼まない。

両親から溺愛されている弟に対して、兄がひそかに鬱屈《うっくつ》をいだいていることを知っているからだろうか？

いや、そんなふうに理屈で認識しているようには見えない。

昇はもっと単純に本能的な部分で避けているのだろう。

「ロープなしでいい」

目の前に立つ少年が半袖シャツを荒い手つきで脱ぎながら言う。

なめらかな褐色の肌が露《あら》わになる。向こうでは雄大な自然のなかで、素肌を陽光に炙《あぶ》られながらボルダリング《ボルダリング》で登攀《とうはん》していたのだろう。

しかしその肉体は手足こそ長いものの華奢《きゃしゃ》な印象だ。それに加えて、ふてぶてしさと繊細さの両面をそなえた顔つきだとか、遠くに焦点を結んでいるような黒い眸だとか、意外なほど長い睫《まつげ》だとかいったものがトータルで、蒼一に奇妙な不安感をいだかせた。

「許可できない」

低くきっぱりと告げると、陸は面倒臭そうに薄い腰にハーネスを装着した。そのハーネスにロープを繋《つな》ぐ。

昇のほうも上半身裸になっていた。

ホールドに彩られた人口壁を前にして並ぶふたりを見比べれば、昇のほうがいくぶん体格がいい。

難易度は壁の下部が低く、上部に行くにしたがって高くなるようにホールドが配置してある。また天井近くでは壁が大きく反り返り、庇状《オーバーハング》になっている。その重力に反するエリアはプロ級のレベルだ。

「クライミング！」と昇が声を張ると、長谷が「クライムオン！」と返す。

昇が登りはじめたのとほぼ同時に、陸が無言のままウォールに身体を押しつけるようにして裸の腕を伸ばした。

ひとつ目のホールドを右手で摑んだかと思うと、身体がすいと浮き上がる。ほとんど負荷を感じていないかのように、長い四肢としなやかな胴体をなめらかに動かしながら、どんどん上昇していく。

昇のムーブがメリハリのあるスポーツ的なものであるのに比べて、陸のそれはムーブが次のムーブへと自然と繫がっていく音楽的なものだった。

どちらにもそれぞれの美しさがあったが、蒼一の目は陸へと釘づけになっていた。陸が反り返りの激しいエリアに突入する。ホールドの小さな窪みに指先や足の爪先を引っ掛けて宙で仰向けになる。

喉を伸ばしきって見上げていた蒼一は、「あ…」と小さく声を漏らした。

少年の細く締まった肉体。

そこに隠されていた強靭《きょうじん》な男のパーツが、いまや体表へと露わになっていた。腕や背中、腰に膨らみを描く筋の束。その流れを光らせる汗の膜。

身体全体に力を漲《みなぎ》らせ、下腹をウォールに擦りつけるようにして、次のホールドを握る。落下の誘惑に耐えて、腰が静かに震える。

彼の体内で起こっている葛藤《かっとう》や欲望のさざなみがロープを伝って、蒼一へと届く。陸の肉体の痺《しび》れているであろう場所が、蒼一の体内でも痺れた。筋肉が張り詰め、チリチリと焦げる。

その時、どうしてそう思ったのか、蒼一自身にもわからなかったが。

――陸がこのまま登りきったら、迷いなく医師の道を進もう。

もう自分がクライミングを続けなくてもいいと思えた。

祈りにも似た気持ちで、見守る。

陸が身体の芯に力を溜め込む。そして、壁に平行して宙を斜めに飛んだ。

ガッとウォールの縁を少年の手が摑む。

心臓に響く熱い衝撃に、蒼一は熟《う》んだ瞼を閉じた。


「今度の夏休み、アメリカ行ーきーたーいー」

骨つきのローストチキンを振りまわしながら昇が駄々を捏《こ》ねるのに、母親は呆れ顔で笑っている。

「このあいだの大会で、陸くんに負けたからって、ねぇ」

「そのアメリカのヨセなんとかってところに行ったからって、上達するものでもないだろう」

父も憮然《ぶぜん》とした顔をしながら、どこか楽しそうだ。

昇がハーッと溜め息をついて首を横に振る。

「これだからシロウトさんは、もー。なあ、兄貴からもガツンと言ってやってよ」

隣の席から弟に軽く脛《すね》を蹴られて、蒼一は苦笑する。心からの苦笑だ。

今日のこの豪華な料理の数々は、蒼一が第一志望の医大に合格したのを祝うために用意されたものだった。

だが、それも乾杯までで、あとはずっと弟が場を持っていってしまっていた。集団のなかでごく自然に主役になる人間がいるが、昇はまさしくそれだった。まるでヒマワリに顔を向けさせる太陽みたいに、人の気持ちを惹《ひ》きつけ、明るくする。

……赤の他人だったら自分もまた昇を好きだっただろうと蒼一は思う。しかし兄弟という近すぎる場所では、どうしても気持ちを曇らされることが多い。

どれだけ自分が勉強で優秀な成績を取ろうが、医大に合格しようが、昇の存在そのものの価値には追いつけないように思われた。

蒼一はいささか意地の悪い気持ちで言う。

「昇なんてアメリカに行かせたら、そのまま帰ってこないだろうね」

両親は確かにそうだと賛同し、弟はリスみたいに頬を膨らませた。

食事が終わってから、なんとなく視線を落としたまま階段を上っていくと、昇の素足が視界に入った。二階への最後の一段で、通せんぼするように立っている。

その三段手前で立ち止まって、蒼一は顔を上げた。

「どいてくれ」

「兄貴って、またクライミングやんの？」

「外科医になりたいんだ。手を大切にしたいから、クライミングはもうやらない」

「ふーん…中一からやってきたのに、あっさりしてるんだ」

中学に進学したとき、蒼一は体育館の外壁が奇妙なオブジェみたいになっているのを目にして、ひと目で惹きつけられた。クライミング部用の人工壁だった。

絶対に登れるように見えない壁を少しずつ登れるようになっていくのが楽しくて、夢中になった。

当時、小学五年生だった昇が駄々を捏ねてクライミング教室に通うようになったのは、蒼一の影響を受けたからだ。昇は筋がよくてみるみるうちに上達した。

そして、確かあれは蒼一が中学二年、昇が小学六年の夏休みのことだった。家族でキャンプをしに行った河原に登りやすそうな岩があって、兄弟でクライミング勝負をした。

昇は猿みたいな安定感で登るから心配していなかった。蒼一がどこに手をかけるかいちいち悩んでいるうちに、弟はするすると三メートルほどの岩の天辺付近へと辿り着いた……と思ったら、そこから一気に落ちてしまったのだった。

蒼一は頭を血だらけにした弟を背負って、両親の元へ飛んで帰った。昇は頭を七針縫う怪我をし、当然のことながら蒼一は両親にきつく叱られた。

ふたりだけで登ったのはその時が最後だったが、クライミング自体は兄弟の思い出の大きな共通点となっていた。

昇がなにか言いたげに見つめてくるのは、ちょっと寂しく思っているからなのかもしれない。それでも、もう決めたことだ。

「昇が反対しても…」

最後まで言わないうちに、弟が口を開いた。

「反対なんてしないよ」

へらっとした笑顔。

「だって、兄貴、向いてないもん」

「……」

クライミングでは、観察力、判断力、体力気力、チャレンジ精神、動物的な勘の良し悪しといった、その人間の本質が剝き出しになる。

そして蒼一は、昇のクライミングにいつも敗北感を覚えていた。

気持ちが乱れたが、すぐに凪《な》ぐ。

――僕は見つけた。

昇に負けない力を持った人間を見つけ、クライミングへの情熱を託すことができたのだ。だから。

「もう、いいだろう」

自分と昇に、同時に告げた。

1

十一階建ての病院の十階にある職員食堂からは、都心とは思えないほど緑豊かな公園を眼下に望みながら食事を取ることができる。

梅雨明けの午後、オペが患者の体調により急遽《きゅうきょ》延期になったため、中井蒼一はゆっくりと昼食を味わい、食後のエスプレッソの苦味を愉しんでいた。こういう高所に身を置いていると、高校時代にしていたクライミングを思い出す。高校の第二体育館の人工壁、部活の夏の野外活動で登った山の切り立った崖。

医師になると決めた初夏の日を境に、蒼一はクライミングをすっぱりとやめた。しかし中学一年から高校三年までという成長期の肉体に叩き込まれた独特の筋骨の使い方は、深い古傷のように、完全に消え去ることはなかった。

自分が病院十階の壁の外側に張りついているところを想像してしまう。同時に、身体の奥で筋肉がひそかに張り詰めた。

苦笑して、自分の手を見る。

クライマーとはほど遠い、すらりとした指。外科の細やかな仕事をするのに、いかにも適している。

「あ、中井先生」

食堂に入ってきた、襟や袖の縁にピンク色をあしらった白いワンピース姿の若い女性が、蒼一を見つけてパッと顔を輝かせる。まっすぐ歩いてくる彼女に微笑を向けながら蒼一は立ち上がる。

「優奈《ゆうな》さん、こんにちは」

高原《たかはら》優奈が愛らしい垂れ目でぱっちりと瞬きをする。

蒼一の上司である整形外科部長のひとり娘だ。二十一歳の大学四年生で、良家の子女らしい明るい品のよさと利発さがある。

「父に届け物をしに来たんです。中井先生がこちらにいらっしゃると聞いて、このお話を少し伺いたいなぁって」

優奈が両手で持った女性ファッション誌を胸の前に掲げる。

「先生の弟さんの特集記事が載ってるんです」

「そうなんですか。どうぞ」

あたかもいま初めて知ったかのようなふりをしつつ、蒼一は向かいの席の椅子を両手でそっと引いた。綺麗に巻かれた黒髪を揺らして、優奈が腰掛ける。

蒼一も着席すると、白いクロスのかかった天板のうえに雑誌が開かれた。

派手で甘い顔立ちをした青年――天才アルピニスト中井昇が、赤いデザイナーズチェアに片膝を抱えて座っているカラーグラビアだ。襟や袖のほつれた作りのTシャツにカーゴパンツというシンプルな服装が、二十七歳にしては少年ぽい雰囲気と、クライマーとして鍛え抜かれた肉体によく似合っている。

「昇さん、今度は清涼飲料水のＣＭをするんですね。いまでも食品メーカーに、スポーツ用品に、整髪料に、旅行会社のＣＭをやってるのに。すごいです」

「アスリートのはずが、すっかりタレント気取りで困る」

苦笑すると、優奈がくすくす笑う。

「私、あの整髪料のＣＭ、好きです。髪の毛ツンツンさせてペンギンみたいになってて。北極ロケのメイキングも観ましたけど、スタッフの方たちと和気藹々《わきあいあい》でした」

いまの昇には、下手なタレントより商用価値がある。

二十七歳現在、ヒマラヤに十四座ある八千メートル超えの山を次々と捻《ね》じ伏《ふ》せつつある。

昇の登攀《とうはん》方法は、酸素ボンベを使わない無酸素登攀で、最低限の登山用具だけをもちいるシンプルなものだ。トラブルや報告のために無線は持参するが、それで外部から情報をもらったり指示を受けたりすることはない。

去年の頭に、数々の有名アルピニストたちが敗退してきたローツェ南壁に冬季登頂したことで、世界的な評価も得た。

世間は常にヒーローを求めている。それには、プロフェッショナルとしての能力の高さだけでは不足だ。魅力的な容姿やキャラクターが求められる。

すべてにおいて、中井昇は実にうってつけのヒーローだった。

昇が大学を二年で中退して本格的にアルピニストの道に飛び込むことができたのは、昇に目をかけた大手食品メーカー社長がスポンサーとなって金銭的援助をおこなったためだった。

昇は昔から目上の人間に可愛がられるのがうまかった。

そういう姿勢を世間に媚《こ》びていて不純であると非難する登山家たちは多く、誹謗中傷《ひぼうちゅうしょう》を受けることもままあった。山岳専門雑誌に三流クライマーなどと書きたてられたこともあり、蒼一は心配したものだが、昇は鼻で笑い飛ばした。

『関係ないね。そもそもさ、スポンサーつけるのだって、自力で費用を捻出してるうちだろ？　自分の向いてるやり方で金を集めて、最高に魅力的な山に効率よくアタックする。俺のアタック方法に、スポンサーには指図させない。それのどこが問題なわけ？』

『まあ、山屋はストイックな人間が多いから気になるんだろう』

『俺だって山に登ってるときはバカみたいに真剣だしストイックだけど？　ただ俺は山に登る前から、すべての過程をきっちり楽しみたいだけ』

ブレのない弟の姿勢に、蒼一は清々しさと妬《ねた》ましさを覚える。

『逞《たくま》しいな』

『頭使って、感情コントロールして。地上戦は命がかかってない分だけ気楽なもんだよ』

そう言う昇の顔は、生の悦びに輝いていた。

「中井先生」

食堂に意識を引き戻される。

食い入るように雑誌を見詰めている蒼一を、優奈がからかう。

「中井先生は弟さんが可愛くって仕方ないんですよね。その雑誌、差し上げましょうか？」

「いいえ、申し訳ないので」

そもそも、この雑誌は発売日に入手済みだ。

ただし、弟が目当てではない。いまも蒼一の目を釘づけにしているのは、「ザイルパートナー陸豪士」という文字だった。

昇のローツェ南壁登頂のときも、昇の身体は陸豪士の身体と命綱《ザイル》で硬く結ばれていたのだ。陸は単独登攀《ソロ》もおこなうクライマーだが、昇の大舞台のときにはかならずその横にいる。

彼らは高校一年のときから、最大のライバルであり、同時に互いの命を預けられるパートナーでありつづけたのだ。

昇とは違って、陸はマスコミに取り上げられるのを好まない。だから彼が前面に出てくることはなかったが、ドキュメンタリー形式の取材のときにはテレビ映像や写真に映っていることがあった。また、昇のインタビューやコラムには頻繁に陸の名前が見られた。

だから蒼一は昇が取り上げられているテレビや雑誌はかならずチェックして、陸に関するものは保存しているのだ。我ながらいささか気持ち悪い行為だが、仕方がない。

陸にしてみればまったく身に覚えのない話だろうが、蒼一は高校三年の初夏、あの陸のクライミングを初めて見たときに、ビレーのロープを通して彼に自分のクライミングへの情熱を託した。

そうすることで、医師になるという選択に腰を据えることができたのだ。

——陸と最後に会ったのは、去年の暮れか…。

母親からの預かりものを届けに、久しぶりに昇のマンションに寄った。

ドアを開けたのは、不機嫌な顔つきをした陸だった。目にかかる緩い癖のある黒髪がひどく乱れている。

『中井先輩』

『……。寝てたのか？』

『ここんとこ、バイトとトレーニングがハードだったんで』

陸とじかに接するのは確か二年ぶりぐらいで、蒼一は自分の表情がぎこちなくなるのを感じた。笑ってしまうが、まるで大ファンの芸能人にでも会ったみたいに緊張していた。

陸の身長は昇と同じ百八十センチで、蒼一よりわずかに高い。顔立ちはアスリートらしい精悍《せいかん》さがあるものの、初対面の高校一年生のころのふてぶてしさと繊細さは、不思議なほどそのまま黒々とした眸のなかに保持されていた。

肉体のほうは締まりのある細身だ。短時間で頂上にアタックする無酸素登攀のクライマーは、ボディビルダーのような大きな筋肉はつけない鍛え方をする。酸素が薄い高所では大量に酸素を消費する筋肉は重い荷物となるため、つける筋肉も選び抜いているわけだ。

そして相変わらず、手足が長い。

少年のころの不器用な精神を核にして、肉体という名の氷塊が元のかたちのまま成長したかのような印象を、蒼一は陸から受ける。

『昇ならスポンサーとの会食で、出てますけど』

『そうか。これを昇に――実家の母から頼まれた』

たくさんの白桃の缶詰が入った大きな紙袋を差し出す。昇の好物で、母はお歳暮にもらったと言っていたが、昇のためにわざわざ買っておいたのは明白だった。

『渡しときます』

紙袋の取っ手を握っている蒼一の手指のうえに、岩を摑む男のごつごつした手が被さってくる。手を引っ込めるタイミングを失った。人差し指と親指の輪が重なる。硬化した皮膚。高い体温。触れている部分から腕の内側を通って項《うなじ》まで痺れが走った。

陸もまた昇と同様に大学を中退して、アルピニストの道へと進んだ。エリート外交官である父親に勘当された彼は昇のマンション――スポンサーから提供された都心の物件だ――に居候し、アルバイトで金を貯めては国内の山の難ルート新ルートを単独で登攀し、また昇の海外遠征にザイルパートナーとして参加していた。いまも、その生活は変わらない。

蒼一は紙袋から退いた手を拳にした。まだ手が痺れていた。

『夏にK2を予定していると昇から聞いたが、一緒に行ってやってくれるんだろう?』

『行きます』

K2は世界中のクライマーにとって、特別な存在だ。

登頂の困難さは最高峰のエベレストをも凌《しの》ぎ、多くのクライマーの命を奪ってきた。標高八六一一メートルの、非情の山。

『ルートは？』

『南南西稜のバリエーションルート』

蒼一の胸は震え、昂ぶる。

南南西稜はK2でも難易度が特に高い。

冬季ローツェ南壁を攻め落とすことのできたふたりなら、不可能ではないかもしれない。だが、K2の頂上付近は天候が荒れやすく、頂へと手を伸ばす者を氷の雪崩《なだれ》で容赦なく叩き落とす。

今度の夏を迎えるのが、待ち遠しく、それ以上に恐ろしいように感じられた。

『陸、無理はしないで退くときは退いてくれ』

眩しい氷壁を見るように陸が目を細めた。優しい表情だ。

『昇はいつも生きて還るのを最優先する。俺は、あいつに連れて帰ってもらう』

『……ああ。信じている』

蒼一はまだかすかに痺れが残る右手を開き、陸へと差し出した。

その手に、陽光に温められた岩肌を思わせる手指がきつく絡みつき、離れていった。

ドアが閉まるとき、ありがとう、と蒼一は胸のなかで呟いた。

高校生のころにクライミングへの情熱を託した陸が、卓越した心身の力で自分の代わりに山に挑んでくれる。それはずっと蒼一に、医師としての道を迷いなく邁進《まいしん》する力を与えてくれていた。

現在、二十九歳の蒼一が整形外科部長から目をかけられて幅広い手術を任されているのは、そのために違いなかった。

「中井先生」

優奈に呼びかけられて、我に返る。

テーブルにはいつの間にか紅茶のいい香りが漂っていた。やわらかい手つきでティーポットを傾けながら優奈が訊く。

「その雑誌の記事だと、今月末にK２という山に登るために、昇さんはいまごろヒマラヤなんですよね？」

「ええ」

「登る半月も前から、向こうでなにをしてるんですか？」

「身体を低酸素に慣らすために、標高五千六百メートルのベースキャンプから七千メートルあたりまでを繰り返し昇り降りしているはずです」

ベースキャンプから南南西稜を通って登頂して下山するまで、無酸素登攀なら一週間ほどはかかるだろう。天候を見ながらの頂上アタックとなるが、夏とはいえ山の上部には厚い氷が張りつき、猛吹雪が頻繁に起こる。どれだけ日を選んでも、ふたりのアタックは厳しいものとなるだろう。

「昇さんから電話とかメールとか、来てるんですか？」

「いいえ、淡白なものですよ」

昇は日本を発《た》ったあとは基本的に家族に連絡を入れない。それは危険なアタックを試みるときにも、家族には日常生活を送らせていたいからなのだろう。そして同時に、家族の気持ちという錘《おもり》から逃れるのだ。

愛されて育った者に限って、そうやって完全なる自由を求め、飛び立つ。

手元でカタカタと小さく音がして、蒼一は視線を落とした。

焦げ茶色の澱《よど》みを底に溜めた小さなカップが、ソーサーに小刻みに当たっている。困難な手術でも震えることのない手が、震えていた。首筋から頬にかけての肌が、ざわざわしている。

期待と不安、憧憬と畏怖、希望と焦燥。あらゆる感情の入り混じった濃密な想いがカップに満ちていた。

縁から、目に見えないひと雫が零《こぼ》れ落《お》ちていく。


中井昇と陸豪士の、K２難関ルートとされる南南西稜からの登頂成功が本人たちからの無線でベースキャンプに届いた、というニュースがメディアを賑わせた、その翌日の明け方近くのことだった。

蒼一の眠りは携帯の着信音で断たれた。

入院患者の容態が急変したのだろうか。目を開くよりも早く、習慣どおりに枕元に置かれた携帯電話を手にする。起き上がりながら「中井です」と低い擦れ声で応える。

上体を起こしきったところで、蒼一はぴたりと動きを止めた。暗闇を正面から見据える。頬に走る痙攣《けいれん》を、奥歯を砕けそうなほど噛んで殺そうとする。

電話の向こうで、短いセンテンスで区切られた父の言葉が続く。その奥で、母の嗚咽《おえつ》が波を描きながら続いていく。

「うん…、はい……わかった——母さんは大丈夫？　……うん、そうだね——とにかくいまからそっちに行くから。三十分ぐらいで着く」

電話を切りながらベッドを降りて、明かりも点《つ》けないまま洗面所に行き、暗闇のなかで顔を洗い、口を漱《すす》ぐ。手探りでタオルを掴み、顔を拭く。クローゼットに手を突っ込み、シャツとスラックスと靴下を引っ張り出す。手癖だけでそれらを身に着けて、リビングのキャビネットのうえから財布とキーケースを掴む。

玄関で靴を履き、ドアの鍵を開ける。ドアノブを握る。

そこで、流れが途絶えた。

深く皺を刻んだ眉間《みけん》をドアに押しつける。

「どうして」

声を絞り出す。

「どうして、目が覚めない？」

覚えていないけれども、こんな夢をこれまで何度も見たことがあった気がした。

だから、本当の自分はいまベッドに横たわって悪い夢に魘《うな》されているはずなのだ。……それなのに、夢が終わってくれない。貧血を起こしているのか、暗闇がぐらぐらする。吐き気がする。

動いたほうが楽になれる気がして、共有通路へとよろけ出る。家の鍵を閉めるのを忘れたのに気づいたのは、エレベーターで駐車場のある地階に着いてからだった。でもどうせこれは夢なのだからかまわない。紺色のセダン車に乗り込み、スロープを地上へと上がっていく。

日が暮れたあとと日が昇る前とに訪れる、あの青みがかった薄墨色が空に広がっていた。

年に一、二度、ふらりと実家に寄るだけの昇とは違い、蒼一は多忙でも月に一度は両親のところを訪ねる。通い慣れた道をほとんど自動的にハンドルを捌《さば》きながら進んでいく。

『俺は兄貴とはザイルを結べない』

ふいに助手席から声が聞こえてきて、蒼一は前方を見詰めたまま喉を震わせた。

かつて成田空港に向かう弟を一度だけ車で送ったことがあり、その時に言われた言葉だった。別にその前にクライミングの話をしていたわけではない。弟はずっと目を閉じていて、だから眠っていると思っていたのに、急にそう言ったのだ。当時、蒼一は医大生でクライミングをすっぱりやめてしまっていたから、ザイルを結びようもなかったのだが。

ザイルは命綱だ。信頼できない人間とは結べない。

昔から昇に信頼されていないらしいと気づいてはいたが、じかに伝えられるとさすがに胸が苦しくなった。

人間として否定された、苦い思い出だ。

横道から合流してきたダンプカーが長い車体を割り込ませてくる。

助手席を見てしまったら弟が消えてしまうのがわかっていたから、蒼一は相変わらず視線を前方に据えたまま、六年前へと時間を繋げた。あの時は言葉に詰まって言えなかったことを口にする。

「リードクライミングのときも、私にはロープを任せなかったな。そんなに信用できないか」

答えがないから、つい詰《なじ》る口調になってしまう。

「私がクライミングをやめると言ったときも、へらへら笑ってるだけだったたな」

『……』

「そんなに私が嫌いか」

堂々と詰れるほど、蒼一もまた弟を好きだったわけではないのだが。

むしろ、太陽のような存在の弟が眩しすぎて、幼いころから鬱屈を覚えていた。弱い声で告げる。

「でも…私はお前を嫌いなわけじゃない」

弟の息遣いが確かに聞こえて、蒼一は充血した目を慌ただしく助手席に向けた。

一瞬前までいた弟が、いない。

「……、っ」

ブレーキを踏み込み、ハンドルを切る。ガードレールに車体の左側を擦りつけながら路肩に急停車する。

これは夢ではない。現実だ。

苦しく喉が絞まる。

弟を叱る。

「生きてさえいてくれたら、私が全力を尽くして助けたのに…っ！」


若き天才アルピニスト中井昇がK２で還らぬ人となったことは、テレビ、雑誌、インターネットで大々的に取り上げられた。

登頂成功後の下山中、標高七千メートル付近で雪崩に見舞われたらしい。昇は氷が庇状《ひじょう》になっているエリアに踏み込んでおり、足元の氷が割れて滑落し、致命的な怪我を負った。救助隊の到着時には、すでに心肺が停止していた。

蒼一は大きなオペが重なっていたためどうしても職場を離れることができず、現地には両親が昇を迎えに行くことになった。

夜のテレビのニュースで空港の出発ロビーにいる両親の姿が映し出されたとき、蒼一はその場にいて守れなかったことに胸を痛めた。マスコミの心ない質問攻撃に、しかし両親は毅然とした態度で耐えた。訃報《ふほう》が届いた直後は取り乱していた母も静かな表情を崩すことはなかった。

蒼一はいまさらながらに、兄である自分より両親のほうがつらい覚悟と理解を積み重ねて今日まで過ごしてきたことを知ったのだった。彼らは揺るぎない山のように、息子を庇護した。

そしてまた、現地からの中継でテレビに映し出されたもうひとりの姿に、蒼一は心臓が破れる思いを味わわされた。

中井昇のザイルパートナー、陸豪士。

陸は左脚に骨折や靭帯断裂《じんたいだんれつ》などの重傷を負っていたが、肉体より精神に深いダメージを受けていることは、その開いたままの瞳孔から明らかだった。

両親と陸の帰国便が夜間着であったことから、蒼一は病院からじかに空港へと車を走らせた。空港でマスコミに囲まれたとき、蒼一もまた両親の姿勢に倣った。

昇の遺体の搬送車はスポンサーである食品メーカーの社長が手配してくれていたため、両親はそちらの車両に同乗することになり、蒼一は陸を車に乗せて勤務先の大学病院へと向かった。陸のための病床は整形外科部長に頼み込んで確保してあった。

現地で処置はしてあったものの、骨が外部に出る開放骨折、踝骨《かこつ》骨折に前十字靭帯損傷という酷いもので、感染症の兆候がないことを確認したのちに手術をおこなった。執刀医は蒼一が務めた。

陸は救助されるまでの丸一日を、それだけの深手を負いながら吹雪のなかで過ごしたのだ。命があったことが最大の奇跡だったが、顔や手足の凍傷が軽度ですんだのもまた奇跡的だった。凍傷で指や腕、脚を切断せざるを得なくなるクライマーは珍しくない。

空港で再会してから手術の麻酔が効くまでのあいだ、陸はずっと長い睫を伏せて蒼一の顔を見ることはなかった。

手術の翌日、蒼一が朝の回診に行ったとき、陸は初めて蒼一の目を見た。憔悴に瞼が窪み、いつもより二重のラインが重たげだ。黒い眸が水の膜に覆われたかと思うと、こめかみへとドクドクと涙が溢れた。

「す…みません――」

陸豪士は中井昇を助けられなかったことで苦しんでいた。

彼はズタズタの左足を引きずりながらザイルを辿って親友を探し出すと、急斜度の氷雪壁をピッケルで削ってふたりが座れる場所を確保し、そこでずっと……昇の最期まで寄り添っていてくれたのだ。

標高七千メートルは酸素が希薄で、高度順化していない一般人なら急性脳浮腫や肺水腫を起こして死亡してしまうほど過酷な環境だ。判断力も動作も鈍くなる。陸は昇の隣で自身もまた死を覚悟したに違いなかった。

「弟は最期まで心強かっただろう。ありがとう」

蒼一は心から告げたが、それが壊死《えし》しかけている陸の心に届いた手応えはなかった。

……多くのクライマーが、山で命を落としてきた。

鍛錬を積んだ能力の高い者でも、それを完全に免れることはできない。

昇もまた死があちこちの岩陰にひそんでいるのを承知のうえで、山に登っていた。だから、今回のことも昇の選択と、その結果だ。誰かにとやかく言われるものではない。

だが、それは世間では通用しにくい理論だった。現在の日本では、死は罪に似ている。

マスコミは寵児《ちょうじ》である中井昇の死を、犯罪者を扱うようにあらゆる角度から抉《えぐ》った。

昇本人が浮ついていてクライミングの危険をきちんと認識していなかったというところから始まり、ついにはザイルパートナーであった陸豪士が適切な行動を取らなかったせいだという的外れな断罪へと至った。コメントを求められた山屋《クライマー》のなかにも、昇と陸が命を軽んじる登攀を繰り返していたと証言する者たちがいた。

また陸の父親がエリート外交官であることから、陸が親の金にものを言わせてクライミングを遊び半分でやっているという捏造《ねつぞう》記事や、陸が中学生のころに急逝した母親のこと、美貌の継母のことなどを下世話に盛り込んだ記事が三流雑誌を賑わせた。

病院にもマスコミ関係者が入り込んで大部屋では守りきれなくなったため、陸は個室に移された。

この状況下でのせめてもの救いは、陸が外界に対して心を閉ざしてしまっていることだった。うつろな顔をしている陸が唯一はっきりとした反応を見せるのは、蒼一と目が合ったときだけだった。

そのたびに、陸は幼い子供のように無防備な涙を溢れさせる。

陸の傷つききった姿は、蒼一の胸を締めつけた。まるで、一方的に夢を託した自分が彼をここまでの窮地に追い込んだかのようにさえ思えた。

「陸」

ベッド横の椅子に座った蒼一は、げっそりと痩せた青年に呼びかける。

陸が、伏せていた長い睫をのろりと上げる。蒼一を見たとたん涙がこめかみを流れ落ちる。

蒼一はティッシュを手に取り、眦《まなじり》から耳までのラインをそっと拭いた。

「入院してから、もうすぐ三ヶ月だ。身体のほうは確実に治癒が進んでいる。退院は早くて来月末だし、退院後も厳しいリハビリが続くが、一般人に比べれば驚くほどの回復力を持っているから、きっと乗りきれる」

言い聞かせるようにゆっくりと話しかけると、今日は珍しく言葉が届いたらしい。

陸の大きな唇が自嘲するように歪《ゆが》み、震えた。

「――回復力?」

「君がこれまで肉体を鍛えてきた成果だ」

「いまの俺の意思とは関係ない」

「陸?」

光沢のない目が蒼一をじっと見つめ、問う。

「回復して、そこになにがある？」

「なにがって…」

精神的にも肉体的にも、もう山に戻るのは不可能だろう。

その事実は、陸に夢を委ねてきた蒼一にとっても受け入れがたいものだった。

だが、気力と筋肉の削げ落ちた陸と向き合っているうちに、受容せざるを得なくなっていった。

山には戻れなくても、平地で普通の生活を送れるようにはなる。

とはいえ、それが陸になんの光も与えないことは明白だった。

長い沈黙が落ちて、陸が目を伏せた。

「中井先輩にさんざん世話になっておいて言う言葉じゃなかった——でも、俺のザイルはまだ昇と繋がってる………繋がってるのに、いない」

無意識なのだろうか。陸が両手でザイルを手繰り寄せる仕種《しぐさ》をする。まるで人間ひとりの体重を感じているかのように、その手の甲には筋が浮き上がっていた。

陸の顔からは血の気が失せ、身体は凍えたみたいに震えている。

蒼一は重い口を動かす。

「君はいまも昇と氷雪のなかにいるのか」

「……」

「私も、いまだに弟の死を受け止められていない。現実だと頭ではわかっているのに、またどこかの山に登っているだけで、ひょっこり帰ってくる気がしてならない」

それでいて、ふとした瞬間に身体の奥底に穴が開いたような苦しさが込み上げてくる。

だが、狂おしい極限状態のなかで死んでいく昇の横にいた陸の想いは、もっとリアルな、底知れないものなのだろう。

「君の苦しみは、君だけのものだ。私も、ほかの誰も、それを本当に理解することはできない」

突き放す言葉に聞こえなければいいと願う。

とはいえ、そもそもいまの陸にとって蒼一の声は、幻の吹雪の合間にかすかに聞こえる空耳程度のものなのかもしれない。

少しでも援助になればと病院の心療内科に心理カウンセリングが併設されていることを伝えたが、それも聞こえたか怪しかった。

どの道、昇とザイルパートナーを組むとき以外は命の危険がある山でも迷いなく単独登攀してきた青年が、いまさら他人を頼るとも考えづらかったが……。


「よっ、中井」

小料理屋に入っていくと、ひとりの男がカウンター席からニカッとした笑顔で片手を挙げた。蒼一は高校生のころに戻った心地になりながら、長谷の横の席に座った。

「久しぶり」

「あー、三年前の同窓会以来だっけか？　お前、忙しすぎるんだよ」

「そっちこそ、仕事とクライミングで飛びまわってるんだろう」

「まーな」

十二月の寒気に冷やされた身体に、熱燗《あつかん》がじんわりと染み込む。

今日、長谷を誘ったのは蒼一のほうだった。長谷の勧める旅行代理店の話を肴《さかな》にひとくさり明るい時間を持つ。食事を終えて、熱燗を冷酒に切り替えると、空気が自然と静かなトーンにチューニングされた。

「俺、昇のことすごく気に入ってたんだよな。キャラもテクもさ」

「弟と陸のことを庇ってくれて、ありがとう」

蒼一は頭を下げる。

礼を伝えたくて、長谷を誘ったのだ。

長谷はS大OBから成る大勢力の山岳会に所属している。彼自身も極地法という酸素ボンベを部分的にもちいる方法とはいえ、ヒマヤラ十四座のエベレストとチョ・オユーに登頂を果たしていて、それなりに発言権もある。

その長谷が、高校時代から中井昇と陸豪士を知るクライマーとして、マスコミに顔出しで誹謗中傷を否定するコメントを何度もしてくれたのだ。それによって長谷自身も売名だなどと槍玉に挙げられてしまった。

「いやいや、焼け石に水って感じだったけどな」

「見る人が見れば、誰が本当のことを言っているか伝わったはずだ。それで充分だ」

実際、身内の贔屓目《ひいきめ》を抜きにしても、長谷のコメントは客観性と説得力のあるものだった。心から、ありがたかった。

いつまでも感謝の眼差しを向けられているのが照れくさいらしく、長谷が話題を変える。

「で、陸のほうはどうなんだ？」

「来週、退院予定だ」

「そうか。左足、かなりの重傷だったらしいな」

「ああ。でも、骨も靭帯も予後は順調で、あとは本人がどれだけリハビリに励めるかだ」

「……クライマーとして復帰できるぐらい治りそうか？」

「さすがにそれは難しいと思う」

そうか、と呟いて長谷が酒を呷《あお》る。

「メンタルのほうも参ってるんだろうな。退院後はひとり暮らしになるのか？」

「いや……」

陸の父親はいまはイギリスに赴任していて、主治医の蒼一は電話で数度、連絡を受けた。勘当中とはいえ重傷を負った息子のために手術や入院の費用は負担してくれたものの、あくまで金銭面の援助しかするつもりがないようだった。

見舞いに訪れるのは、昇のメインスポンサーであった大手食品メーカーの社長ぐらいのもので、陸が身を寄せられる先はなかった。

「しばらくは、うちのマンションに同居させる。まだ本人の承諾は得ていないが、いまの状態でひとりにしたらリハビリどころか飲み食いもしないでダウンするのが目に見えてる」

「へぇ。お前が陸のビレーヤーをするわけか。そういや、初対面のときもお前があいつのビレーヤーしてたっけな」

言いながら、自分自身は昇のビレーヤーを務めたことを思い出したのだろう。長谷が短く鼻を啜《すす》った。

2

標高八千メートル。平地の三分の一しか酸素を含まない凍えた大気を、肺が必死に取り込もうとしている。氷雪に覆われた急斜面を見上げれば、親友の後ろ姿がある。さすがの中井昇も、動きがのったりしている。

K2登攀四日目。天候は崩れ、雪が強い風に乗って礫《つぶて》のように全身を叩いている。それでも冬季ローツェ南壁の果てない垂直壁にしがみついていたときに比べれば、格段にマシだった。

あの時は本当に何度も死がひたりと寄り添ってきた。強烈な寒気と呼吸困難による、思考力の低下。スカスカになった精神の編み目から、恐怖とともに甘い誘惑が沁み込んでくる。ここで手の力を抜けば、楽になれる。自分の居場所である山にいだかれて終わることができる。

もしザイルで昇と繋がれていなかったら、誘惑に負けていたかもしれない。

クライマーにもさまざまな価値観を持つ者がいるが、中井昇と陸豪士は根本的なところで対極だ。昇は平地の、人間の世界を愛している。だから彼のクライミングの終着点は人間界に定められている。山の頂上は意味ある通過点なのだ。

対して、陸は人間界から離れることを望む。人の営みに意味を見出せず、高みに向けて山を登っているときに生きていると実感することができる。頂上は、人の世からもっとも遠い理想郷だ。ずっとそこに留まりたくなってしまう。それが酸素の薄い、人体が長くは耐えられない環境であろうと、心は至福に包まれる。

還りたくない。

平地から頂へ、頂から平地へという循環を、断ち切りたくなる。

そんな陸を人間界へと連れ戻すのは、いつも昇だった。たとえ単独登攀《ソロ》のときであっても、昇とは見えないザイルで繋がれていて、下山の一歩を踏み出させられる。

いつの間にか、前方を歩く昇が立ち止まっていた。追いつくと、苦しそうに「トップを変わってくれ」と言われた。

自分もまた苦しいはずなのに、昇が弱ると、陸の体内にはエネルギーが湧き上がる。そうしてザイルという臍《へそ》の緒《お》を通して、昇もまた次第に力を取り戻していく。

ふたりで困難に立ち向かうとき、陸は昇と一卵性の双子にでもなった心地を味わう。この上なくわかりあえる、最上にして唯一のパートナー。

それだけ近しい存在だから、昇の存在は自然と交わる弊害にはならない。ソロのときと同じほどの純粋さと、ソロ以上の充足感を体験することができる。

昇といられることが誇らしい。

彼は太陽だ。正しいルートを照らし出してくれる。心に吹き溜まっていく不安を溶かしてくれる。

宇宙に近い空をダイレクトに映す明るい灰色の眸。少女めいたラインの鼻や、唇の膨らみが、純化された青に際立つ。頂に立つ昇の美しさを、陸は愛している。

だからいま、頂に向けて、靴に巻いたアイゼンで氷を削りながら一歩一歩を進んでいく。

昇はしっかりついてきているだろうか?

立ち止まり、後ろを振り返る。

白く濁った視界。目が見えにくくなっているのに気づく。低酸素で視神経をやられたのだ。腹式呼吸をして毛細血管まで血液を行き渡らせなければならない。

曖昧《あいまい》な世界で、自分の呼吸ばかりがやたらと大きく聞こえる。

雪が身体に当たる音も風の音も、消えていた。

ふいに、頭のなかが真っ白になるような不安感が押し寄せてきた。

——俺は、いまどこにいる?

K2に、昇と登っている。はずだ。

必死で瞬きを繰り返す。なぜか瞬きをするごとに涙が溢れる。その涙を振り切るように瞼を上げて。

「…………、あ」

天井。一番小さな光が点るペンダントライト。

現実へと放り投げられる。

ここはヒマラヤではない。日本だ。昇の兄のマンションの一室で、ベッドのなかにいる。

認めたくなくて目を閉じる。なんとか夢のなかに、もがき戻ろうとする。

しかし同じ夢には戻れない。雪崩が襲いかかってくる。

いつの間にか、悪夢へと滑落していた。標高八千メートルから落下している。いつまでも終わらない下降に呼吸ができなくて、口をぽっかりと開く。

＊＊＊

リハビリテーション科の広々とした理学療法室を訪ねると、薄水色の看護衣を着た青年がすぐに蒼一に気づき、近づいてきた。

「陸さんのことで、僕のほうから相談にお伺いしようと思っていたところだったんです」

さっぱりと短めに整えられた茶色い髪に、日本犬っぽい爽やかな面立ち。理学療法士の野木《のぎ》はいつものように笑顔を浮かべているものの、目元に曇りが見られた。彼は陸のリハビリテーション担当を務めてくれている。

理学療法室の隅に置かれたテーブルに、角を挟んで着く。

「松葉杖はまだ手放せないが、歩行はずいぶんとスムーズになってきている。君のプログラムがよく効いているんだろう」

野木はくっきりした眉を困ったように歪めた。

「陸さんは僕の組んだプログラムをこなしてくれてはいます。ただ、痛みとか違和感、達成したときの嬉しさとか、フィードバックがまったくないんです。前十字靭帯は特に微妙な調整が大事なので、ちょっとした表情や身体の反応を見て無理をさせないように気をつけているんですが」
「プログラムはこなしているが、ただ言われたことをしているだけという消極的な状態なわけか」
「はい。でも、かなりの痛みを感じているはずなのに……ショックから肉体の感覚が鈍くなっているのかもしれません」

蒼一は思案に目を細める。

──あるいは、自分を痛めつけたいのか。

陸が蒼一のマンションで同居するようになってから三ヶ月がたっていた。

寝ると悪夢を見るらしく、ひどく魘される。初めのうちは寝室を分けていたのだが、すぐに起こしてやれるようにと、蒼一の寝室にベッドをふたつ入れた。

魘されていないときはほとんど眠れていないらしく、寝返りを打つ音が延々と続く。心療内科を受診させたところ、睡眠薬を処方された。だが、服薬してもろくに眠れない日が多いようだった。

食欲もなく、一緒に食卓を囲むときは出されたもの──蒼一は料理が得意でないため、パン食やデリバリーが中心だ──をなんとか食べるものの、蒼一がいないと丸一日なにも口にしなかったりする。

肉体の傷は時間とともに癒えつつある。

しかし精神のほうは癒えるどころか、毎晩のように陸自身によって傷口を抉《こ》じ開《あ》けられて膿《う》み爛《ただ》れていくばかりのように、蒼一には感じられていた。

「…………陸さんは、もう山には戻らないつもりなんでしょうか」

深く俯きながら野木がぽつんと呟く。

野木は彼自身が人工壁専門のクライマーとしてなかなかの腕前で、以前から陸の熱心な信奉者だった。

世間一般にはマスコミへの露出が多かった中井昇の知名度は圧倒的に高い。だが、クライマーたちのあいだでは寡黙な陸豪士の評価のほうがむしろ高かった。

陸が国内の難ルートをソロで登攀する様子を隠し撮りしたものがネットの動画サイトに上げられていて、かなりの再生回数をカウントし、また国内外の自称クライマーたちからの称賛コメントが何ページにもわたってつけられている。

野木などはいつでも観られるように動画をポータブルプレイヤーにダウンロードしており、「陸さんのクライミングには哲学があるんです！」と力説していた。哲学というといささか大袈裟《おおげさ》だが、確かにクライミングには個人の人生観や価値観が色濃く反映される。

蒼一も陸のクライミングにそういう意味でひと目惚れしたのだ。技術に対する感嘆だけなら、ここまで惹かれはしなかった。

だから野木が陸に入れ込む気持ちは、よくわかる。

「僕は陸さんの肉体を最低限のラインまで戻す手伝いはできますけど、その肉体を動かすのは陸さんの心なんですよね」

だが、その心は昇がザイルに絡めて持って行ってしまった。

理学療法士としてではない言葉を野木が苦しく吐く。

「――――口惜しいなぁ」


口惜しいなぁ。

野木の言葉を思い出しながら、薄闇のなかで目を覚ます。

ハア…ハア…ハア…ハア…ハア…。

今日も、聞いているほうが窒息感を覚えるような呼吸音が寝室を満たしていた。

蒼一はゆっくりとベッドから起き上がる。反対側の壁にくっつけて置かれているベッドへと素足で近づいていく。見下ろす。

一番小さい明かりだけを点けたペンダントライトのわずかな光が、悪夢に溺《おぼ》れている男の顔をぼんやりと浮かび上がらせていた。

汗で濡れた肌の、ぬるりとした質感。開いた唇がわななないている。きつく閉じられた瞼の丸み。薄暗さに目が慣れてくれば、涙に濡れた睫の一本一本を見分けることもできる。

陸の肩口まで覆っている布団を摑み、そっと捲《まく》っていく。全身の筋肉を強張《こわば》らせた硬直した肉体が露わになる。鉤状《かぎじょう》に曲げられた指、わずかに膝を浮かせて、足の裏でシーツを踏み締めている。足の指も丸く折れ曲がっている。めくれたスウェットから覗くみぞおちがビリビリと震えている。

……初めのうちは、慌ててすぐに揺り起こしていたのだ。

しかし、次第に長く陸を悪夢のなかに放置するようになっていった。

極限の苦しみに悶《もだ》えている。

意識があるときの陸が、絶対に誰にも見せない姿だ。

それを陸が無意識なのをいいことに凝視している。

「口惜しい、か」

自嘲する。

入院期間も含めて七ヶ月間、蒼一は陸のもっとも近くにいた。

特別な思い入れのある相手が傷つききった姿で目の前にいることに、胸には痛みと昂《たか》ぶりが常に満ちていた。遠くからとはいえ、ずっと陸を見つめてきた自分になら彼を支えられるのではないかと、なんとかコミュニケーションを取ろうと働きかけた。

しかし、陸の焦点は遠い場所に結ばれたままだった。視線をまともに合わせようともしない。目が合わないせいか、陸が涙を流すこともなくなった。話しかければ短い言葉が返ってくるが、すぐに沈黙が落ちる。会話を続けることを拒む静けさ。

まるで美しくて硬い鉱物を部屋に飾っているかのような心地だ。

同じ部屋にいながら陸はいつもひとりだった。いや、昇とともにいた。

決して、蒼一に心を開こうとはしなかった。

『俺は兄貴とはザイルを結べない』

弟の言葉が耳に甦《よみがえ》る。陸も同じように感じているのだろうか。

「うぅ…ハッ…ハッ…、…」

陸の呼吸がいっそう速く浅くなっていく。

大きく開かれた唇がわなないている。このまま行けば、過呼吸を起こすに違いない。

自分が薄《う》っすらと微笑しているのに気づいて、蒼一は寒気を覚えた。

「………私は、君にどうなってほしいんだろう？」

初めは、とにかく回復してほしい一心だった。山に戻れないにしろ、苦しみから脱してほしかった。

だが、いまは苦しみのなかに閉じ込められている陸を独占して、歪んだ欲を満たしている。

山にかかる深い靄のなかにいるように、蒼一は向かうべき方角を見失っていた。

膝をベッドに載せて、枕の横に片手をつく。もう片方の手で、強張っている青年の頬を叩いた。

「陸、起きるんだ」

閉じられたままの瞼が狂おしく蠢《うごめ》く。

睡眠薬が効きすぎているのか、いつもはパッと開かれる陸の目が、今日は開かれなかった。

代わりに、長い両腕が宙に突き上げられる。

蒼一の背中へと回された手が、荒々しく動きまわる。そして崖の小さな出っ張り《ホールド》のような肩甲骨を見つけ出す。隆起した二箇所の骨を強い指がゴリゴリと摑む。

「…っく」

激痛に蒼一の腕はがくりと折れて、陸のうえに身体が崩れた。

まるで落下のさなかにようやく摑むことができた手がかりを逃すまいとするかのように、陸が強い腕で抱きついてくる。脚に脚が絡む。痛めた左脚もぎこちないながら強い力を生んでいた。

「ぁ、あ、あ」

蒼一の耳に激しい喘《あえ》ぎが吹き込まれる。

陸に下から完全に捕まえられていた。腿《もも》の付け根に、熱くて硬いものが当たっている。それが小刻みにグッグッと押しつけられる。

「陸……っ」

腰を離そうとすると、陸の力がさらに増した。視界が百八十度転がって、天井が目に映る。

覆い被さった陸が身体を上下に揺らしだす。痛いほどきつく接している身体の前面が擦れていく。摩擦に、肌が熱くなる。耳に甘さの籠《こ》もった息がかかる。

全身の肌がざわついて、蒼一はビクッと腰を跳ね上げてしまう。

陸が左手で蒼一の肩甲骨を摑んだまま、右手を少しずつ動かしていく。厚みのある寝間着の布地のうえから脇の下を摑まれる。そのまま親指だけが胸へと伸びてきた。ひたひたと指先が肌を押す。弱点を見つけられたくなくて、緊張感に蒼一は息を詰める。

「……ぁっ」

強い親指に潰されたとき、そこはすでに小さく粒を結んでしまっていた。

陸の指が歓喜を露わにして、布の下の粒を何度も確認する。しかしすぐにもどかしくなったらしく、寝間着の前ボタンの連なりへと手が這《は》い、布を荒く摑んだ。クライマーの強い手指の力に、ボタンの糸がキチキチと音を立てる。いくつかのボタンが弾け飛ぶ。

素肌の胸を、硬さのある掌がまさぐる。ほんの小さな尖《とが》りにふたたび辿り着くと、まるで岸壁の狭《はざ》間《ま》に芽吹いた植物をいたわるように、そっと親指と人差し指で挟み込む。指先で転がして触感を確かめて、陸が甘く息をつく。

重なる身体が用心深く下にズレていく。

……もしいま身動《みじろ》ぎしたら陸が滑落してしまうように思えて、蒼一は動くことができない。

左胸のうえで顔が止まる。陸の目は瞑《つむ》られたままだ。

胸で閉じている親指と人差し指がそっと開かれる。その狭間へと舌が差し込まれた。小さな尖りにツンと舌先が触れた。試すように、そろりと舐《な》められる。ひと舐めごとに舌の力が強くなっていく。

「ん」

そこが弱い自覚は以前からあったのだが、これまでの異性との行為で重点的に愛撫されることはなかった。

それがいま、粒をこそげ落とさんばかりに舌で打たれている。

「ぁ…う」

身体の芯が熱く硬くなっていく。

舐めるだけでは足りなくなったのか、陸の指が乳輪の周りの肌をぐっと押した。痛みとともに乳首がぷくりと浅い山を作る。開いた唇が吸いつく。

胸から首筋、頬まで、肌が一気に粟立《あわだ》った。

——これ以上は、もう…。

力を籠めている腹筋がヒクヒクする。込み上げてくる感覚を堪《こら》えきれない。性器に血が集まっていくのを感じながら、蒼一は陸の頭に手を這わせた。わずかに癖のある髪を摑む。

「やめ——ぁ」

退けられるのを嫌がって、歯が乳輪に食い込む。そうしながら口内で舌が粒を舐めまわす。

もう自制のしようがなかった。下腹の屹立《きつりつ》が、陸の臍のあたりに突き刺さる。

その力強い出っ張りを陸が見逃すはずがない。相変わらず左手で肩甲骨を確保したまま、右手を一気に蒼一の下腹へと伸ばす。

「————、!」

布ごと、勃起《ぼっき》を鷲摑みにされた。

何度も摑みなおされる。

丹念に輪郭を辿られて、付け根の膨らみを掌で包まれる。人差し指と中指と薬指が、茎の稜線をじりじりと這い登っていく。亀頭の返しで行き詰まり、括《くび》れを横に移動して段の浅いところから先端のエリアに入るころには、蒼一の下着はたくさんの蜜で濡れそぼってしまっていた。

頂に三本の指がみっしりと載り、蠢く。そこに刻まれている浅い切れ込みが、開かれては閉じられる。

そのあいだも左胸はずっとクチュクチュと吸われていた。

「っ、く、ぁ」

卑猥《ひわい》さの足りない手淫だったにもかかわらず、蒼一は下着のなかに濃い白濁を溢れさせてしまった。頭の奥までジンジン痺れている。

頼りない手応えになっていくそこから、男の指が離れた。

射精したためにいくらか冷静になりかけていた蒼一はしかし、下着のなかに手が入り込んでくるのに目を見開く。粘液にまみれた茎に手首を押し当てて、指はさらに奥へと進んでいく。

狭間を探るのはクライマーとしての本能か、男としての本能か。

窪みに指先がかかる。

「陸、手をどけ……、あ、あ」

蒼一は鋭く息を呑む。強くて太い中指が体内に入り込んでいた。

さすがにこれは許容できない。蒼一は下着のなかへと両手を入れて、男の指を抜こうとする。しかし狭い布のなかでは制止が困難で、寝間着のズボンと下着をみずからの手で腿の半ばまで下げた。

剝き出しになった脚のあいだにある手を摑む。

抜かれまいとして、陸の中指が折れ曲がり、親指を会陰部にめり込ませて固定する。とたんに蒼一の身体は大きく跳ねた。

「そ、こ、そこは――指、……指」

体内の指先が押さえている場所から、身体中の力が抜けるような痺れが拡がっていた。コリコリした感触に気づいたらしく、陸がそのポイントを指先で捏ねる。

果てたばかりのはずの蒼一の性器から、とろとろと新たな白濁が漏れていく。

初めての快楽に惑乱する身体に、さらにもう一本の指が挿し込まれる。二本の指に粘膜の口を拡げられる。

陸の左手がここにいたってようやく蒼一の右肩甲骨から離れた。同時に体内から指が抜ける。

次の行動は素早かった。

陸は自身のスウェットのズボンと下着を脚の付け根まで下ろすと、蒼一の腿の裏を摑んで、身体を折り畳んだ。

剝き出しになった双丘《そうきゅう》の底に、灼けた岩のような昂《たか》ぶりが擦りつけられる。

指よりも深い固定を求めて、強い幹が窪みを貫こうとする。

「そんなに、開かないっ…無理だっ」

訴えるのに、意識は半分夢のなかにあるのか、陸は目を閉じたまま行為を遂行しようとする。だが、乾いた未踏の場所がそう簡単に侵入を許すはずがない。狭い入り口に阻《はば》まれているうちに、急に陸が首を反らした。

「うっ」

短い声とともに、温かいものがどろりと蒼一の蕾《つぼみ》にかけられた。

ハーッ…ハーッ…と陸が苦しそうに腹式呼吸を繰り返す。

一度の敗退で、しかし陸は折れなかった。未遂の体液を潤滑剤として、緩まない幹をふたたび通そうとする。

陸は目を閉じていて、左足もいまだに松葉杖が必要な状態なのだ。跳ね除けることはできるはずだ。そう思うのに、蒼一は動けないまま、脚のあいだを繰り返し押し上げられる。

陸豪士という人間を、長いあいだ見てきた。

けれどもいま目の前にあるのは、未知の姿だった。まるでいま身体を繋げられなければ死んでしまうかのような懸命さが、弱った肉体に力を与えている。

性器にくじられている窪みがヒクつきだす。

陸がその揺らぎを確実に捕らえて、腰を突き上げる。内壁を押し拡げられる痛みに蒼一は息を震わせた。

「ハッ…ハッ……、ぁ、ああー」

荒々しい陸の呼吸に、困惑を帯びた声が混じる。

性器を狭い粘膜の筒に潰されて、ふてぶてしさのある精悍な顔立ちが泣きそうに歪む。

「んッ、んッ、んッ」

陸が全身を使って腰を進めようとする。

痛みにずり上がる蒼一の身体はいっそう深く畳まれ、体重をかけられた。うえから潰すように犯された。

「ぁ、陸……くが…、ぁ、あ、っう」

呼吸が苦しい。

抽送《ちゅうそう》のたびに、より深くを突かれる。

痛みと苦しさと強烈な違和感が続くなか、性器の中枢をときおり火花が走る。

「あ、ああ」

臍の奥を開かれていく。臀部《でんぶ》に熱い素肌がぎゅっと押しつけられる。根元まで含まされていた。

これ以上繋がれないところに到達した陸が、二度目のピークを迎える。

身体のなかにドクドクと体液を注ぎ込まれながら、蒼一は睫を激しく震わせた。

快楽を貪るセックスというよりは、未踏峰を征服するようなまっすぐな行為だった。

力を出し尽くした陸がぐったりと体重をかけてくる。

額に額がぶつかる。

「う…ん?」

いま初めて目が覚めたように、長い睫が上げられた。

互いの目しか見えないほどの至近距離。まともに目が合うのはずいぶんと久しぶりだった。

黒い眸が震える。浅い二重の目が優しく細められて、涙が頬を伝う。

「よかった。ここに、いた」

深い安堵の溜め息をつくと、また瞼がすうっと閉ざされた。

陸が寝息を立てはじめる。

「…………」

なぜ陸が目が合うたびに涙を流すのかを、蒼一はようやく理解していた。

昇と蒼一の兄弟がもっとも似かよっているのは目だった。奥二重の瞼。灰色の虹彩。瞳孔の周りにかかる緑色の靄。

――昇を見つけて、泣いていたのか……昇にはあんなふうに笑いかけていたのか。

男を深々と嵌められたままのところが、急に激しく痛んだ。


「珍しく、よく眠れたようだな」

松葉杖をつきながら朝陽の射し込むリビングに現れた陸に、蒼一はネクタイを締めながら食事の指示をする。

「朝食はこの袋のなかのパンを好きに食べてくれ。昼はデリバリーか外食、夜は帰ってからカレーでも作ろう。朝食も昼食も、私がいないからといって勝手に抜かないように」

ネクタイの結び目を整えながら視線を上げると、数歩の距離に立っている陸と視線がぶつかった。

まっすぐに蒼一を凝視している。なぜか今朝は涙を零さない。強張った顔が青褪《あおざ》めている。

「中井先輩……俺、昨日――」

陸が言いよどむ。

「昨日、なんだ？」

平静な表情で尋ねる。

セックスの最中に陸が夢うつつだったことは見当がついていた。二回目の吐精のあとに一瞬目覚めたものの、その記憶も残っているか怪しい。

不意打ちの強引な行為であったのは確かだ。

しかし、自分は非力な女性ではないし、昨夜のあの状況なら、どうにか逃げられたはずだ。逃げなかったからには、受け入れたも同然だ。悪夢に苦しむ陸を眺めて歪んだ愉悦を覚えたことへの罰のようにも思われた。

だから、陸に昨夜の行為を突きつけて詰る気はない。

……ただ、行為のあとの陸の衣類を直してやるような親切はしなかった。目が覚めた陸は、露わになっている下腹に疑問をいだいたことだろう。その疑問を無視するか、かすかな記憶を手繰り寄せるかは、陸自身の問題だ。

そして陸はどうやら後者を選んだらしい。松葉杖を握り締める指先は力が籠もりすぎて白くなっていた。

青褪めた肌の、眦や首筋や耳に血の色が滲んでいく。

「俺は先輩と——した？」

「アクシデントだ。気にしなくていい」

陸が懊悩《おうのう》に低く長く呻《うめ》いた。

うな垂れるようにして「本当に、すみません」と潰れた声で謝罪する。

「ここを、出ます」

「出て行く必要はない」

「でも」

「お互い、忘れればいい」

たった一度のセックスのために陸を手放すつもりはなかった。

「君は朦朧《もうろう》としていて、最中に目も開けなかった。私個人に欲情したわけではない。それなら、この生活を続けても支障はないだろう」

3

マンションのドアが開く。顔を出した親友が灰色の眸を大きく瞬く。

「なに、その荷物」

陸は登山用の小型冷蔵庫並みの大きさのザックを背負い、ほかに大きな鞄を三つ足許に置いていた。

「親父に縁を切られた」

「へーっ」

中井昇がにやっと笑う。

「豪士の親父さん、本格的に山やるの反対してたもんなぁ」

「バイトの給料が出て部屋を借りられるまで、しばらく昇んとこに泊まれないか？」

「だーめ」

「…そうか」

頼れる友人は昇ぐらいしかいない。どうしようかと考えているうちに、昇が鞄をぽんぽんと家のなかに放り込んでいく。

「泊まれないんじゃないのか？」

「パスポート持ってるよな？」

「？　ああ」

昇の拳にみぞおちを軽く押された。

「じゃあ来週から、俺とヨセミテな」

意味がまったくわからなくて無反応でいると、腕を掴まれて家のなかに引きずり込まれた。


アメリカのヨセミテ国立公園は、東京都のおよそ一・五倍の面積を有する。そのなかでも人が多く集まるヨセミテ渓谷は、新宿区と同じぐらいの大きさだ。

ヨセミテ渓谷にはエルキャピタルという大岩壁があり、ロッククライミングの聖地となっている。初心者向けから、崖で露泊《ビバーク》しながら二、三日かけて登攀する難度の高いものまで、さまざまなルートがあり、ルートごとに「イーグルズ・ウェイ」「ロスト・イン・アメリカ」「ネバー・ネバー・ランド」というように名前がつけられている。

陸は小学五年から高校一年の春までアメリカに住んでいて、父の友人であるインディオによくヨセミテ国立公園に連れて行かれた。クライミングも彼から習った。

幼少時から父の仕事の関係で国境を越えて転々としていた陸は、どの国のどの場所も自分のホームとして感じられなかった。だが、エルキャピタルは違った。壮大で厳しい、限りなく懐《ふところ》の広い大岩壁に立ち向かっているとき、ここそが自分のいるべき場所だと感じられたのだ。崖でビバークしながら星を見上げていると、心の底から生の悦びが湧き上がってきて泣きたい気持ちになった。いや、本当に少し泣いてしまうこともあった。重さのない、自然で透明な涙だ。

いまでも山に登ると泣きたくなることがある。

そのエルキャピタルに、二十歳のいま、昇とともに帰ってきた。

滞在は三ヶ月ほど。エルキャピタルの難ルートを登攀して、そのレポートを山岳雑誌に連載するのだ。ついでにテレビクルーが途中で三日間同行して、紅葉の美しい秋のヨセミテ国立公園の名所紹介の二時間番組を制作するという。

今回の滞在費用や諸経費は、雑誌社とテレビ局と、昇のメインスポンサーである食品メーカー・テシマフーズに分担してもらう。

テシマフーズ社長の手島忠之《てしまただゆき》は親から継いだ会社を大きく発展させたやり手で、昇をとても可愛がっている。クライマーのあいだでは、昇が手島の愛人なのではないかと勘繰る者もいた。

今回のヨセミテ滞在の件といい、親友の陸でさえその仕切りの良さには舌を巻く。

商業的な派手さを嫌うクライマーが多いなか、昇はなにかと色眼鏡で見られがちだった。

つい先日もベテランクライマーから『マスコミに迎合するのはクライマーの美意識に反することだ』と咎《とが》められたのだが、昇は正面から訊き返した。

『俺は山も大好きですけど、平地のゲームも楽しいんです。好きと楽しいを循環させるものの、なにがいけないいんですか?』

ベテランクライマーは顔を真っ赤にして『そんな浮ついた気持ちで山を舐めてると、しっぺ返しを喰らうぞ!』と怒鳴った。

相手の神経を逆撫でしてしまったものの、それは昇の本心なのだろう。

彼は平地で人間の相手をしているときも、山で自然とともにあるときも、全力で楽しむ。ひとつひとつの面倒や困難を乗り越えること自体を楽しめるのだ。

いまもエルキャピタルの花崗岩《かこうがん》の難所に取り組みながら、夕陽に照らされる昇の顔は緊張と悦びに輝いている。

ヨセミテ渓谷がゆっくりと夜の色に染められていく。

午後九時半。難所を抜けて、岩が段差になった幅五十センチほどのテラスに並んで腰掛けてビバークすることにする。壁に留め具を打ちつけて、それにザイルを通し、身体を固定した。

切り立った崖の標高千五百メートル地点からの壮大なパノラマ。

今夜は新月だ。引き締まった黒い空には数えきれない星が鮮やかに散りばめられている。

陸は懐かしい感動に囚われていた。

横で昇がククククと笑いに身を震わせる。その振動がくっついている二の腕から伝わってくる。

「ヤバい。楽しすぎ」

宙に投げ出している膝下をぶらぶらさせながら昇が横目で陸を見る。

「豪士とだとサイッコーに楽しめるんだよなぁ」

少し照れくさくて、陸は肩を竦《すく》めた。腕が離れる。

「豪士って、俺としかザイル結ばないよな？」

「…ああ」

「俺だけ特別なんだ？」

「……」

心臓が波打った。ゆっくりと呼吸して、波を鎮める。

もう長いこと抱えているこの感情に友情以上の定義を与えるつもりはない。昇に伝わる必要などない。ただ、いまのまま、どこまでも続いていけばいい。

「昇はけっこういろんな奴とザイルを結んできたな」

「俺、ビッチだから」

際どい言葉選びに、テシマフーズ社長のことを思い出してしまう。

手島は四十代半ばで、渋みのある男前だ。身体も大きく、百八十センチある昇や陸よりもいくらか背が高い。鍛えているらしく、身体つきに中年の緩みは見られない。

今回のヨセミテ滞在では、分担費用のほかに、テシマフーズのレトルト食品などを大量に送ってくれた。昇はまるで友達に対するように、手島と電話やメールで連絡を取っている。

せっかく沈めた鼓動が、また騒ぎだす。

「ビッチだけど、キンシンソーカンはなしだなぁ」

「え？」

近親相姦。昇には二歳年上の兄がいる。

高校一年の初夏に日本に帰国して高校に転入し、クライミングのことで昇に突っかかられてクライミング部に連れて行かれた陸は、そこで副部長の中井蒼一と初めて会った。とても整った顔立ちをした、落ち着いた雰囲気の人だった。

陸が人工壁を登るとき彼がビレーヤーを務めてくれたのだが、その日を境に陸はクライミング部に入り、蒼一は引退した。入れ違いだったため、じかに接触するのは稀だった。昇の家に遊びに行ったときに何度か顔を合わせたが、挨拶とクライミングについて少し言葉を交わす程度だった。

蒼一は見た目に違わず優秀で、国立の医大に合格した。

卒業式では蒼一の周りにやたら女子が群がっていた。蒼一は微笑を浮かべて対応していたが、陸の目には静かで醒めた表情に映り、本命の彼女がいるのかもしれないと思った。

「豪士って、兄貴のクライミング観たことないんだっけ？」

「ん…ああ、部活も入れ替わりだったからな。先輩はもうやってないんだろ？」

「完全に足洗った」

「先輩はどんなムーブしてたんだ？」

「慎重・臆病・退屈」

「──キツい弟だな」

「弟だからちゃんと見えんの。俺以外の奴らにはスマートなムーブに見えてたみたいだけど」

昇が手を前に突き出して、しっかりした太さのある指を広げた。

「兄貴って、もともと骨が細いんだよな。クライミングやめてから、手なんか綺麗になっちゃってさぁ」

見えない手を摑むように、指が折り曲げられる。

暗くて、昇の横顔の表情はわからなかった。

でもなぜか、昇の向こう側の闇に中井蒼一が座っているように、陸には感じられたのだった。

＊　＊　＊

向かいの席で、陸が黙々と食事をしている。なかなかの食欲だ。

不慮の事故的なセックスがショック療法になったものか、陸は鉱物でいるのをやめた。人間らしい表情が戻ってきていた。

今日などは松葉杖をつきながら近くのスーパーまで行って食材を買い求め、蒼一が仕事から帰ると夕食が出来上がっていた。陸の手料理を口にするのは初めてだった。豚の生姜焼きに味噌汁、里芋八割の煮物というメニューで、意外なほど美味しかった。

「料理、し慣れてるのか？」

尋ねると、陸が目を上げた。視線がまともにぶつかる。

まともに目が合うようになったのも、目が合っても泣かなくなったのも、大きな変化だった。

「……しょう」

声が掠れて、陸は咳払いをする。そして不安定な声で続けた。

「昇んとこで居候してるときに」

これまで互いに、昇の名前を出さないようにして過ごしていた。蒼一は薄氷を踏むように返す。

「――。そうか。私も得意じゃないが、あいつ家事全般ダメだろう」

陸がわずかに口元を緩めて頷《うなず》く。

「家事しなくても、ほとんど家にいないからいいとかって」

「仕方のない奴だな。まあ、やたらと交友関係が広いから確かに出てばっかりなんだろうが」

生姜の香りの強い肉を口に運びながら蒼一は思い出す。

豚の生姜焼きも、里芋も、昇の好物だった。この甘めの味つけは実家のものに似ていた。

昇と陸が食卓を囲んでいる姿が思い浮かぶ。

むくりと頭を擡《もた》げた嫉妬めいた気持ちを黙殺して、蒼一は微笑する。

「この味つけ、とても口に合う」

陸の顔が素直に明るくなった。

その表情に虚を突かれる。

停滞した関係のなかで忘れかけていたが、無愛想でマイペースではあるものの、陸は気難しい性格でもなければ、歪んでもいない。ただ価値観がはっきりしすぎていて、自分の気持ちの向くものに貪欲なだけだ。

貪欲の対象は、山と――昇なのだろう。

昇が望むからソロ専門なのにザイルパートナーを務め、昇が喜ぶ料理を作ってきたのだ。

――昇のことが、本当に大切だった……いや、いまでも大切なんだ。

だから、苦しみ抜いている。

陸は大切な相手が死んでいくのを、救う手立てもなく傍らで見守ったのだ。それはきっと魂の底が冷えきる体験だったに違いない。

弟の死にいまだ非現実感を抱えている自分が、嫉妬や独占欲に傾きがちな自分が、情けなくなる。

陸がこうして積極的に回復の一歩を踏み出した以上、自分もいまのままではいけない。

『お互い、忘れればいい。君は朦朧としていて、最中に目も開けなかった。私個人に欲情したわけではない。それなら、この生活を続けても支障はないだろう』

ふとした瞬間になまなましい感覚が甦ってきて支配されそうになるが、自分を律しなければならない。

陸とのセックスは、なかった。

自分にとって陸がクライミングへの想いを託した特別な相手であることも、封じるべきだ。彼はもう山に戻ることはないのだから。

——私は陸が大切に思っている昇の、兄なんだ。

その立場に徹しようと決める。

その立場だからこそ、陸の心に近づけるのだ。


気持ちを切り替えたことが功を奏したのか、陸との暮らしは共同生活としてかたちを整えていった。

以前、昇の占めていた部分を、蒼一が埋めるかたちで。

陸は特別マメでもないが家事をするのが苦にならないらしい。蒼一の帰りが早いとわかっている日は夕食まで作っておいてくれる。

料理にニンジンとキュウリは入っていない。昇が嫌いだからだ。

お互い口数の多いほうではなかったが、自然と日常の会話は増えていった。

ただ、昇の話をするときには暗黙のルールがある。

過去形の禁止だ。高校のころの思い出話をするときですら、ふたりとも現在形で話した。もし聞く者があったら、中井昇がいまも生きていると思い込んだに違いない。

そうして、ふたりのあいだだけで昇は息を吹き返す。

陸は悪夢に魘されることが少なくなった。代わりに毎晩のように寝言で「昇？」と繰り返す。不確かな存在の親友を探しているのだ。

その度に反対側の壁につけられたベッドに横たわる蒼一は、みぞおちのあたりが冷たくなるのを感じながら、かすかな声で返す。

「ここにいる」

夢のなかで昇を見つけられたのだろう。

安らかな寝息が部屋に満ちる。

4

「昨日のオペはかなり苦労しただろう」

梅の咲く中庭に臨んだ、落ち着いた小料理屋の個室。蒼一の猪口《ちょこ》に酒を注ぎ返しながら、品のいい紳士然とした風貌の整形外科部長が言う。

「高原教授のご指導により、なんとかオペを乗り切ることができました。ありがとうございます」

蒼一は頭を下げながら、十時間に及んだ大手術を思い返す。

腕の軟骨筋腫の除去と、脚の骨の一部を腕の関節に移植して再建するもので、細かい血管の縫合をおこなう難度の高いものだった。

さすがにかなり疲れていたらしく、家に帰って少し休もうとソファに横になって、そのまま眠ってしまった。数時間して目を覚ますと、毛布がかけられていて、キッチンのコンロには鶏雑炊の入った土鍋が載っていた。

雑炊のまろやかな味わいが口のなかに甦ってくる。この高級な小料理屋のどの料理よりも美味かった。

今夜は陸の手料理が食べられないのが残念だと思いつつ、高原に言葉を返す。

「昨日のケースは自家骨でしたからリスクは少ないですが、患者に負担をかけすぎたので予後が気になっています」

「自家骨移植のオペ時間としては平均的なものだよ。人工関節を入れれば短時間ですむが、細菌感染を起こすと厄介だ」

そこで一拍置いてから、高原はつけ足す。

「関節は難しいが、骨自体は人工のいいものが開発されてきている。骨も皮膚も臓器も、これからどんどん良質なパーツを人の力で生み出すことができる……他人のものを移植などしなくてもね」

「他家骨はやはり自家骨ほどスムーズに癒合《ゆごう》してくれませんし、しっかり殺菌しても病気感染や未知の病気のリスクをゼロにはできません」

高原が大きく頷く。

「整形外科としては脳死によるパーツ提供に頼る必要はまったくないというわけだよ」

「……？　骨はもともと生体からの移植に拘《こだわ》る必要のないものですから」

「だから、脳死による提供を私たちは特に必要としていない。そうだね？」

不自然な念の押し方に、蒼一は戸惑いを覚える。首を縦に振るのが躊躇《ためら》われた。

「脳死に関して、なにか問題でも起きているのでしょうか」

高原が眉間に深く皺を刻んで半眼になる。

「改正臓器移植法が全面施行されたお陰で、医局がややこしいことになってるんだよ」

脳死状態の患者本人の意思表示がなくても、家族の同意だけで身体から臓器を取り出せるようになったのは、このあいだの夏のことだ。

脳死というケースに絶対的に拘《こだわ》る必要がある臓器は心臓と肺だが、ほかの臓器についてもこれまで国内での提供者は少なかった。

そのため渡米して臓器移植をおこなうケースが多かったのだが、アメリカとて決して臓器提供が充分なわけではない。各病院で移植数の上限五パーセントが外国人枠として許可されている。そして、その枠が日本人で埋められていることが、以前から国際的に批判されていた。

外国人枠は本来、高度な移植技術を持たない医療後進国の患者のために用意された、善意のものだからだ。

世界保健機構《WHO》からも、自国内で移植をおこなうようにと勧告が出されていた。

「議論が充分にされないまま雪崩れ込むかたちになったのは残念ですが、自分たちの問題として向き合うのは、いつかはしなければならないことだったと思います」

「中井くん、私だって別に改正法に反対してるわけじゃない。問題は医局なんだよ。脳死移植に積極的に動くか、流れを見ながらほどほどに動くか。それでパワーバランスが崩れる」

「…………」

ようやく、高原が言わんとすることを、蒼一は理解する。

心臓血管外科には、村田《むらた》准教授がいる。村田は去年までアメリカの病院で勤務していた、心臓移植を多数成功させてきた実績の持ち主だ。

もし病院が脳死移植に積極的に動くことになれば、村田はおそらく世間から注目を浴びるようになるだろう。それは要するに、医局において心臓血管外科が力を強めることに直結する。

心臓血管外科部長とどちらが次の副院長かと噂される身の高原としては、絶対に避けたい事態だ。

副院長は高齢で体調が思わしくなく、来年には退職する予定だ。

──村田先生に活躍されては困るから、医局の方針を脳死移植に保守的にしておきたい、と…。

高原は整形外科医として、たいへん優秀だ。長時間の手術における集中力の持続、技術の確かさ、術後の患者に対する心配りもある。蒼一はずっと高原を尊敬してきた。

だから、胸がざらつく感覚を意識しないようにした。

「他の科は賛否半々といったところだ。院長は医師全体の意見を聞いてから方針を決定するつもりでいる。中井くんは間違った判断はしないと信じているよ」

それ以上、高原が脳死移植の話題に触れることはなかった。

店を出るとき、蒼一の背中を撫でながら高原は軽い調子で言った。

「今度、うちの娘を食事にでも誘ってやってくれ。あれはどうも君に夢中らしい」


赤青ピンク緑水色。色もかたちもさまざまなホールドが、まるで海辺の岩にへばりついている海生生物みたいに、目の前の壁一面に散らばっている。

高校の第二体育館にある、クライミング部の練習場だ。

蒼一はそこに白衣を纏《まと》って佇《たたず》んでいる——いや、違う。四つのホールドを手足の先で捉《とら》えて、壁に張りついていた。

クライミングはやめたはずなのにどうして登っているのかと考えるが、ずっとこんなふうに登りつづけてきたような気もする。実際、下を見下ろすと、霧でよく見えないものの地面はずいぶんと遠いようだった。

ビレー用のロープは着けていない。ボルダリングでここまで登ってきたのだ。もしここから落下したら、きっと大怪我をする。命も危ないかもしれない。そう思うと、身体の芯が冷たく硬くなった。

しかしいつまでもこうしてしがみついてもいられない。そのうち疲弊した筋肉に乳酸が溜まってパンプしてしまう。

喉を伸ばして視線を上げる。

手の届く範囲にはふたつのホールドがあった。右側のものはピンク色の摑みやすいかたちのもの。左腕を目いっぱい伸ばせば届く場所にあるもうひとつは青くて、指の第一関節がなんとかかかるぐらいの難度の高いものだ。

それぞれの先のルートにあるホールドを見極めようとするが、霧が深すぎた。

——どっちだ…?

焦燥感が背中を這い登る。

すると、ふいに左横に人影が生まれた。

上半身裸の少年だった。迷いなく手を伸ばして、重心を流れるように移しながら上昇していく。その音楽的なムーブには見覚えがあった。

なぜか少年の周りだけ霧が途切れていて、背中の筋肉の細かな蠢きまでが鮮明に見える。腰を人工壁に擦りつけるようにしながら力強く高みへと向かっていく。

小柄な肉体が伸びては、わずかに退き、また目いっぱい……深く突き上げる動作をする。反り気味の壁に挑んで、腰をわななかせる。

その懸命な少年の背中に、いつしか大人の男の背中が二重写しになっていた。

力強い律動《ムーブ》が繰り返されていく。

少年と青年が腰を突き上げるたびに、蒼一は体内に衝撃を覚える。

「ぃ…、あ…」

壁に張りつきながら、後孔《こうこう》をズクズクと犯されていた。手足の力が抜けそうになる。

「は、ぁ――だめ…だ、そんな、そんな、に……ッ、!!」

閉じた内壁が激しく痙攣した。

「ぁ…あ…、ん…んっ」

背骨や脳の奥まで熱く痺れていく。

ぐらつく視線を上げると、左斜めうえを行く少年の姿は霧のなかに消えようとしていた。

蒼一は朦朧となりながらも左手を伸ばして青い小さなホールドを摑もうとする。しかし指先を引っ掛けたものの、力が入らない。

不安定な重心を足場でなんとか支えるが、蒼一はもうどうにも動けない。パンプした腕が震えだす。落下の誘惑が、濡れそぼった下腹からじわじわと拡がっていく。


「中井先輩」

心配する響きで呼ばれて、蒼一は目を開いた。

「あ…」

暗くて一瞬どこにいるのかわからなかったが、人工壁で縦になっていないのは確かだった。馴染《なじ》んだベッドで横になっている。

夢を見ていたのだ。夢だったはずなのに、腕の筋肉がパンパンに膨れ上がっている体感がある。気を抜くと落下してしまいそうで、身体の芯が強張っている。

短い呼吸を繰り返していると、ベッド横の人影が手を伸ばしてきた。首筋を包むように触られた。肌がぬるりと滑り合う感触に、蒼一は思わず身体を跳ねさせてしまう。

「すごい汗かいてる」

陸が呟く。

——陸のムーブだった…。

人工壁を登っていった少年。あれは確かに陸だった。高校一年のころの未成熟な陸豪士だ。そして、それに重ね合わされた青年もまた陸だった。蒼一のことを犯したとき、きっとあんなふうに肉体を駆使していたに違いなかった。

身体が芯から熟んでいた。

「…シャワーを浴びてくる」

陸の手を退けながら上半身を起こした蒼一はしかし、ビクッと身体を竦めて動きを止めた。ぬちゃりと、下腹でかすかな音がしたのだ。

夢精などしたのは、未成年のころ以来だった。

しかも、性欲の対象となった相手がすぐ傍にいるのだ。

火照った耳はきっと真っ赤になっていることだろう。部屋が暗いことに感謝しながら、声を低めて動揺を隠す。

「自分のベッドに戻りなさい。脚が痛むだろう」

「もうだいぶよくなった」

野木とのリハビリが上手くいっているらしく、八ヶ月前ボロボロだった左脚は順調な回復を見せていた。最近では家のなかの移動では、もう松葉杖を使っていない。現にいまも、いくらか重心を右に傾けながらも自分の足で立っていた。

「私のことは、いいから。さあ」

さらに促すと、陸はベッドへと戻っていった。

彼が横になったのを確かめてから、蒼一はベッドから下りた。一歩ごとにいやらしい濡れ音がする。たぶん他人の耳には聞こえない程度のものなのだろうが、それは部屋中に反響しているように感じられた。

シャワーを浴びながら汚してしまった下着を洗う。なんとも、気まずいような情けないような気分だ。

「…………最悪だな」

頭を飛沫《しぶき》に突っ込む。

バスルームの薄緑色のタイル壁を、眠い目で睨む。

すると、夢のシーンが幻となってタイル壁のスクリーンに映写されはじめた。水滴をホールドにしてタイルを登っていく少年。上半身だけではなく、下半身も裸だ。長い四肢としなやかな胴体を駆使したムーブ。大きく開かれた脚のあいだで性器が揺れる。臀部に力が籠もり、丸みがキュッと引き締まる。内腿の筋が浮き立つ。

「ふ…」

よろめくようにして、蒼一はバスタブの縁に腰掛けた。

そうして少年の幻を凝視しながら、みずからの性器に手をやる。ただ欲望に衝き動かされて、自分がなにをしているかも意識しないままに硬いものを握り、扱《しご》いた。

ほんの数度の往復で、蒼一は甘い呻き声を漏らす。胸とみぞおちを波打たせて呼吸する。壁の少年はいつの間にか湯気に掻き消されていた。

俯き、タイルに散った白い粘液を見る。足の親指で触れてみる。夢精の直後だというのに、それはぷるんとした濃厚さだった。

「――――、ぅ」

低く小さな嗚咽が喉から漏れた。

運命的なものを感じて大切にしてきた陸との出会いを、自分の手で汚してしまったことへの悔恨が波のように押し寄せてくる。

陸に犯されたとき以上に、蒼一の心は深く抉られていた。

＊　＊　＊

乱れた呼吸が寝室の暗がりに溶け拡がる。

陸は目を開き、反対側の壁のほうを見る。蒼一がまた今夜も魘されているのだ。この一週間ほど毎晩だった。仕事で疲労が溜まっているのか、あるいはなにか深刻な悩みを抱えているのか。

陸の記憶にある限り、中井蒼一は高校時代からいつも冷静で落ち着きのある人間だった。その彼がこうして悪夢を見つづけているのだから、よほどのことなのだろう。

ここのところ陸のほうの悪夢——氷雪のなかで親友を見失う夢だ——は治まっていた。悪夢に囚われる苦しさをよくわかっているから、蒼一を起こしてやろうと、陸はベッドを降りた。

左脚に違和感と重さはあるものの、もう外出時も松葉杖を使用しなくていいと、昨日のリハビリの際に理学療法士の野木から言われた。担当医である蒼一もそれに同意し、今度、三人で快気祝いをすることになった。

……最近、自分は以前と少し変わったと陸は思う。

以前だったら、快気祝いなど居心地が悪いからと素っ気なく断っていたに違いない。その手のことを共有したいと思える相手は、昇だけだった。

だが、こうしてこれまでにない大怪我をして、自力《ソロ》ではどうしようもないことがあるのだと思い知らされた。蒼一も野木も、心を砕いて、力になってくれた。

特に蒼一からは、精神面でも物理面でも大きな援助をもらった。

蒼一は昇を助けられなかった陸のことを、一度たりとも非難しなかった。そればかりか、手術やマスコミからの保護などに尽力してくれた。退院してからはこうして自宅で面倒を見てくれている。

それらに対する感謝が生まれたのも実は二ヶ月ほど前のことで、それ以前は廃人同然で蒼一の存在すら無視していることが多かった。

——二ヶ月前、か。

あの夜、陸は夢のなかで最高のクライミングをしていた。大自然に抱かれて、険しい崖を攻め、達成の悦びに激しく身を震わせた。それはあり得ないほどの性的快楽を伴った。

至福にまどろんで目を覚ますと、衣類が下ろされていて下腹部が剝き出しになっていた。肉体がやけにすっきりしている。無意識に自慰をしたのかと思ったが、精液の行方がわからない。懸命に記憶を辿り、潤《うる》んだ灰色の眸を覗き込んだのを思い出した。

夢のなかで昇に会ったのかとも思ったが、やはり蒼一の目だったように感じられた。

自分が恩人を犯したのかもしれないと思い至ったとき、七ヶ月ものあいだずっと夢うつつを彷徨《さまよ》っていた意識に強い電流が流れた。

蒼一はアクシデントという言葉を使って、行為があったことを認めた。しかし陸を詰ることはいっさいなく、これまでどおり生活の場を提供してくれたのだった。

その蒼一の広い心に触れて、このまま甘えていてはいけないと感じた。できることを、ひとつずつやっていかなければならないと思うようになった。

しかし、いざ我に返ってみれば、肉体は日常生活をまともに送ることすら困難なありさまだった。酸素の薄い標高八千メートルの絶壁を登ることができていた手足はすっかり細くなり、松葉杖を使って歩行するのがやっとだ。

そこからリハビリに積極的に取り組むようになり、昇と暮らしていたときのように家事をするようになった。

日に日に、自分の仮死状態にあった細胞が力を取り戻していくのを感じる。

それは生物としての悦びと同時に、強い後ろめたさをも引き起こした。

昇と結ばれているザイルをどんどん長く伸ばしてしまっている気がした。生と死に跨《また》がって渡されているザイル。

自分のなかの生が強くなれば、昇の死はその分だけ濃くなる。離れていく。この二ヶ月間、前に進みながら、後ろにも強く引っ張られていた。

「ん…ぅう」

苦しそうに呻いている蒼一へと、陸は近づく。

「は、っふ、……ぁ」

切羽詰った呼吸が肢体に絡みついてくるのに、心臓がドクドクと高鳴りだす。掌が熱くなる。項がしっとりと濡れる。

熱に浮かされたように思う。

——こんな、だった。先輩はあの時も、こんなふうに喘いでた。

思ってから、驚いて立ちすくむ。

覚えていないはずのセックスの記憶が、身体のあちこちから噴き出していた。

蒼一の肌の感触。胸の小さな粒の舌触り。自分でない男の性器の手触り。おのれの性器を包む粘膜のきつさと温かさ。

なまなましい刺激が、視覚以外の五感に一気に襲いかかる。

快楽の記憶に腰を打たれて脚がふらつく。

危機感に、無意識のうちに陸の手はザイルを手繰る仕種をする。そうして自身のベッドへと戻り、倒れ込んだ。自分の顔を潰さんばかりに鷲掴みにする。

――昇の兄貴に……面倒を見てくれた人に、俺はなんてことをしたんだ…っ。

意識が定かでないなかでの行為だったとはいえ、罪は罪だ。

罪なのに、下腹が脈打っている。

魘されている蒼一を助けたいと思いながらも、彼に近づくことができなかった。


節のなめらかな指がクロワッサンを裂いては口へと運んでいく。

自分の視線がいやらしいものになっているのに気づいて、陸は視線を逸らした。その視線を引き戻すように蒼一が尋ねる。

「今晩のことは忘れてないね？」

「今晩…？」

頭がひどくぼんやりしているのは、この数日ほとんど眠れていないせいだ。夜ごと、蒼一の魘される声にふしだらな欲と罪悪感を掻き立てられている。

「野木くんと快気祝いをする予定だろう」

「あ…そうだった」

「夕方に一度、電話を入れたほうがよさそうか？」

蒼一がくすりと笑う。

その笑いに惹かれて視線を上げると、まともに目が合った。淫靡《いんび》な記憶が身体のあちこちで弾《はじ》ける。

陸はこれまで、ふたりの女を抱いたことがあった。どちらも年上だった。昇以外の人間には男女を問わず関心が持てず、女の誘いに乗るかたちで肉体関係を持ったのだが、やはりクライミングに比べると薄っぺらい刺激しかなく、夢中になることはなかった。どちらかと言えば、夢中にならないことを確認するための行為だったのかもしれない。

だから、いまこうしてセックスした相手の指先の動きひとつにまで意識が向くのは、未知の心の動きだった。

「電話はいらない。二十時半に、青山のイタリアンレストランだろ」

「ああ。野木くんの知り合いの店で、個室だからゆっくりできる」

「……」

「なんだ？」

訊かれて、舐めるように蒼一に視線を這わせてしまっていたのに気づく。

考えていたことが、するりと口から出た。

「先輩、付き合ってる女は？」

「……どうした、急に」

「ここに来てかなりになるけど、ずっと俺にかかりきりだったから、会ってる暇なかっただろ」

蒼一が複雑な表情を浮かべた。

「交際を考えている女性はいる」

その言葉に、陸は崖から数十メートル滑落したときのような体感を覚えた。

「まあ、まだ保留だが」

身体を繋いでいるザイルがピンと張って、滑落が止まる。

思わず、ふっと安堵の溜め息が出た。

蒼一が出勤するとき、いつもはそんなことはしないのに玄関までついていってしまって、蒼一に笑われた。

昇の明朗な笑顔とは違う、ひっそりとした笑顔だった。


表参道には昇のご用達ショップがいくつもあってときどき買い物につき合わされたが、陸が私用で訪れることはまずなかった。

昼でも夜でも、この街を歩くたびに陸は自分を異物だと感じる。いまもそうだった。流行に敏感で、それを楽しめる人間の群れ。

彼らは陸と対極に位置している。

そして、彼らと陸のあいだに辛うじて橋を渡していた昇は、いない。

人間が誰もいない絶壁を登っているときに感じる清々しい孤独感とは真逆の、気持ち悪い違和感が一歩ごとに足の底から全身へと拡がっていく。自然と足が速くなる。速くなるほど、左脚を引きずっているのが露骨になる。

人工的な花の香りをさせた若い女ふたりが、すれ違いざまに同情の眼差しを向けてきた。女連れの男は、声を立てずに嗤《わら》った。どの反応もただ通り過ぎていく無価値なものだ。

三丁目の交差点を右に曲がり、さらに裏道へと入ったところに指定された店はあった。ウエイターに名前を告げると、地下の個室へと通された。まだ蒼一も野木も来ていない。

洞窟《ケーブ》をイメージした作りの部屋は、ごつごつした壁に砕かれた色ガラスが埋め込まれていた。人工壁に似ている。

陸は壁の前に立ち、壁を撫でた。ホールドになる凹凸……このぐらいなら天井まで簡単に登れる。両手を伸ばして、指先を二箇所の出っ張りに引っ掛ける。右足の靴先をへこんだ部分に入れる。

すっかり腕の筋肉が落ちてしまったせいで驚くほどの負荷を感じたものの、身体が浮き上がった瞬間、全身に悦びの電流が走った。

まだ曲がりにくい左膝を精一杯曲げて、見つけた足場に爪先を乗せる。左脚に力を籠めていく。熱い痺れと痛みが起こる。身体がさらに浮き上がる。右手が自然に伸びて次のホールドを目指す。だが、摑むことはできなかった。

左脚ががくんと力を失ったのだ。

ほんのわずかな高さからの落下が、とても長いものに感じられた。

尻を床に打ちつける。

ちょうどその時、ドアが開いて野木が入ってきた。

「っ、どうしたんですか…っ」

驚いて駆け寄ってきた野木が、陸の左脚を注意深く触診する。

「痛いところ、ありますか？」

「いや、そうじゃない」

「それじゃあ、なんで……」

陸が見つめている壁へと、野木も視線を向ける。

そして、日本犬を思わせる賢そうな顔を輝かせた。

「もしかして陸さん、登ろうとしたんですか？」

「……」

「そうなんですね⁉」

まるでキスするみたいに野木が顔を近づけてくる。

「またクライミングをしたいなら、僕にお手伝いさせてください！　仕事じゃなく、本当にどんなことでもしたいんです」

そこに蒼一が入ってきて、床のふたりを見て表情を硬くする。

「——、どうした？　脚に問題でも起こったのか？」

「中井先生、そうじゃないんです」

陸は手を貸そうとする野木に頭を振り、自力で立ち上がった。

四角いテーブルの三辺を埋めて座る。

野木が嬉々として息を弾ませながら蒼一に告げる。

「陸さんはここの壁を登ろうとしてたんです」

「ここの壁を？」

「またクライミングをしたくなったんですよ」

蒼一の眉間に皺が寄せられた。灰色の眸が右に寄せられて陸を見つめる。そして冷ややかに言い切った。

「無理だ。許可できない」

「どうしてですか、中井先生。陸さんの回復力は一般人とは比べ物になりません。本気でリハビリに取り組めば、きっとまた日本屈指のクライマーとして復活できます！」

「治療者が患者の人生に口を挟むのは、おこがましいことだ」

静かな威圧に、野木が椅子から浮かせかけた腰を下ろす。

不穏な空気のなか、野木の知人だというオーナーがドアを軽くノックしてから入ってきた。三十前後らしい男前のオーナーは愛嬌のある挨拶をして蘊蓄《うんちく》を織り交ぜながらメニューの説明をしていく。

料理の味は、この手の店にありがちなややこしさがなく、素材を生かしたものだった。生鮮食品以外の水や小麦粉、さまざまな種類のチーズは空輸で現地から取り寄せているのだという。

だが、陽気な味わいの料理やワインとは裏腹に、交わされる会話は重くてややこしいものだった。

野木は陸がクライマーとして再出発するべきだと主張し、蒼一は陸に無責任な夢を見せるべきではないと主張した。

「野木くん、陸は山で死にかけて、ザイルパートナーまで喪《うしな》ったんだ。その彼に対して山に戻ってほしいなどと、よく言えるものだね」

「僕だってそのことは、さんざん考えてきました。エゴがまったくないとは言いません。でも、陸さんはたった九ヶ月でここまで回復したんです。確かに初めのうちは心ここにあらずといった感じでしたが、途中からは驚異的な勢いで回復していきました。強い…とても強い人なんです」

「そんなことはわかっている」

「……わかってません！」

ついに野木は腹立ちが頂点に達した様子で、フォークをバンッとテーブルクロスに叩きつけた。

「中井先生はクライミングにまったく興味がないから、そんなふうに簡単に反対できるんです！　僕は人工壁専門とはいえクライミングをしているから、陸さんの精神力や肉体の素晴らしさがよくわかるんです」

蒼一が背凭《せもた》れに身体を預け、両目を閉じる。そして低く呟く。

「陸の素晴らしさは、君に説かれなくても知っている。私は高校三年のころからずっと彼を見てきた」

意外な証言に、陸は蒼一を凝視する。

その陸の手首を野木が摑んだ。

「陸さんは、どうしたいんですか？」

「俺は……」

さっき壁に縋《すが》りついたときの悦びが甦ってくる。

陸は視線を揺らつかせ――目を見開いた。

テーブルの残りの一席。陸の真向かいの席に、両肘をテーブルについて頬杖をついている青年がいた。黒い半袖のTシャツを着た彼は灰色の目を細めて笑っている。その頭にも肩にも睫にも、雪が積もっていた。

山には、中井昇が、いる。

「せっかくの快気祝いの空気を悪くしてしまって、すまなかった」

走り出すタクシーの後部座席。蒼一の横顔は自己嫌悪に曇っている。

「俺は食って飲んでただけだから」

「野木くんにはああ言ったが、私もまた自分の意見を君に押しつけているだけなのかもしれない」

「……さっき」

「ん？」

「さっき、俺のことをずっと見てたって言った」

蒼一が気まずげに微苦笑する。

「君は唐突に話を振るね」

「昇にも会話のキャッチボールができてないって」

言われてた、という過去形は使えずに言葉を濁す。

蒼一が目を閉じる。長い沈黙が落ちる。答える気がないのだろうかと陸が思いはじめたころ、色の薄い唇が動いた。

「私はクライミングが好きだった。人工壁で、トップまで辿り着ける正しいルートがひとつしかないように人間が意図的にホールドを配置したものは、なかなか得意だった……でも、実際の山には無数のルートが存在する。正しい答えはひとつではないし、時には答えがないこともある」

陸は頷く。

現実の山では下から観察して通れるように見えた場所がいざ近づいてみたら通れなくて、ルート変更したり敗退したりすることなど日常茶飯事だ。だからこそ面白い。

「私はすぐに悩んでしまう。新規ルートをトップで登りたくないと思ってしまう。情けないが、昔もいまも、その本質は変わっていない。そこ止まりの人間なんだ」

慎重・臆病・退屈。

昇は兄のクライミングをそう評した。それを聞いて陸はずいぶん手厳しいと思ったものだが、蒼一の自己評価と一致していたらしい。

「高校三年のときも、医大に行くべきか、部長と同じ大学に進んでクライミングをするほうがいいのか、気持ちがぐらついていた。そこに君が現れた。私は君のビレーヤーを務めた」

その時のことは陸も鮮明に覚えている。

ただそれは蒼一との思い出ではなく、昇との思い出のスタートとしてだったが。

「君のクライミングは、素晴らしかった」

目を瞑ったまま、端整な顔が微笑む。

「きっと君が私の分もクライミングをしてくれるから、もういいと思えた。医師になる道をしっかりと選ぶことができた……でもそれは、私が勝手に思い込んだことで、君には関係ない。君は誰かに望まれたからといって山に戻る必要はない」

蒼一の想いと気遣いとは、締まった雪の結晶のように陸の胸にふわりと乗った。

煩わしい重さは感じない。

結晶がじんわりと溶けて、染み込んでくる。

陸がその感覚を味わっているうちに、蒼一は眠ってしまったようだった。スーツの胸部がゆるやかな上下を繰り返す。

シートに落ちた外科医の手を陸は見つめる。

『兄貴って、もともと骨が細いんだよな。クライミングやめてから、手なんか綺麗になっちゃってさぁ』

ヨセミテの崖でビバークした夜。昇はそう言って、見えない手を摑む仕種をした。

陸はおそるおそる手を伸ばす。

近づけると、弱った自分の手でも驚くほど荒っぽく見えた。

いまにも崩れそうな氷の層を摑む思いで、陸は蒼一の手をそろりと握る。思いのほかしっかりとした感触が手のなかを埋める。指が長く節がなめらかなため繊細に見えるものの、間違いなく頼りになる男の手だった。

手のなかだけでなく、心の内側まで満たされていく。

「……昇」

親友に話しかける。

——お前が摑みたがっていたのは、この手だったんだな。

親友の大切なものを、自分は酷い方法で汚してしまったのだ。こんなふうに触れる権利はない。そう思うのに、なかなか手を離すことができなかった。

5

蒼一は二十五歳からひとり暮らしを始めたが、恋人をひと晩泊めることはあっても連泊を許したことはなかった。そうやってずるずると自分の生活に他人が入り込むのが嫌だったからだ。そのうち結婚したら、家族という最小単位のコミュニティとして受け入れるつもりではいた。

そのはずが、陸と生活をともにするようになって、すでに十ヶ月近くがたっている。

いまでは二十四時間のなかに、当たり前に陸が嵌め込まれている。

同性との同居と異性との同棲では意味が違う。

違うはずなのに、陸といるとまるで思春期の少年のような、気恥ずかしくなるほどの昂ぶりが、心にも身体にも訪れる。

たわいもない会話をするだけで、気持ちが弾む。

一緒に同じものを食べていると、心が和らぐ。

出勤するとき陸が玄関で見送ってくれると、その日の仕事に意欲が増す。

帰宅して陸の作った料理を食べると、明日への活力が湧く。

なにかを手渡すときに触れ合う指先や、ふとした瞬間に近づきすぎる顔に、心臓が竦み、そして荒く波打つ。

それらのひとつひとつは、自分が好きな相手と暮らしているのだという事実を、蒼一に執拗に突きつけた。

だが、実際のところは、これだけ一緒にいても陸という人間を把握しきれずにいる。

蒼一もニュースぐらいしかテレビは観ないが、陸はそれすらも興味がないようだった。音楽も聴かない。本も風景写真以外は開かない。それでどうやって過ごしているのかといえば、家事をして、リハビリのためのストレッチやウォーキングをして、そうでないときはベッドに横になって目を閉じている。

おそらく、閉じられた瞼の内側では、いまも昇とあらゆる山を巡っているのだろう。退屈しているように見えることはなかった。

彼の世界は、外側ではなく、どこまでも内側に開いているようだった。

それは蒼一が知りようのない世界だ。

日常で溜まるもどかしい熱を、蒼一の肉体は意識をコントロールできない夢のなかで発散する。二十九歳にもなって我ながら異常だと呆れるほかなかったが、頻繁に夢精していた。夢精しないで目が覚めたときでも下着が先走りで濡れそぼっていて、バスルームやトイレでみずからを慰めざるを得ないありさまだった。

その明け方も、バスルームで欲望を処理した。自己嫌悪の溜め息をつきながら洗面所から廊下に出た蒼一は、息を呑んで動きを止めた。

薄暗がりのなか、陸がぬうっと立っていたのだ。

「ト…トイレか？」

後ろめたさに声が擦れる。

答えはない。暗闇にしたくなくて、洗面所のライトを点けたまま、蒼一は陸の横を抜けようとした。

しかし、陸の身体が傾いて進路を塞ぐ。

「くが――」

手首をぐいと摑まれた。

ついいましがたまで下肢をいじっていた手だ。少年と青年の陸を汚した……羞恥で頭に血が上る。

「汚いから、触るなっ」

咄嗟《とっさ》にそう怒鳴ると、陸がビクッと身体を竦めて手指を開いた。

陸が顔も表情も硬くしているのに、言葉を違うふうに取られてしまったのだと気づく。

「ちがう…違うんだ」

陸を汚いと言ったのではない。

だが、自分の手が汚い理由を打ち明けるわけにもいかない。混乱して頭が回らない。

「悪い。俺が、悪い」

陸が呟きながらその場にしゃがみ込む。完全に曲がりきらない左脚が床へと投げ出される。右脚を抱え、膝に額をつけて、小さくなる。嗚咽を堪えるように肩が震えている。

陸が親友の兄を抱いてしまったことを、深く後悔しているのが伝わってくる。でもあれは抗《あらが》いきれなかった自分の罪でもあるのだと蒼一は思う。

——私が半端に流されたせいで、陸を傷つけてしまった。……私は許すかたちで被害者面《づら》をしてきたわけだ。

蒼一もまた膝を深く折って廊下に座った。

いまどんな言葉をかけても、陸の耳には後づけの言い訳にしか聞こえないに違いない。どうすれば、陸の気持ちを和らげられるだろう。

「………」

自分の手を見る。

先週、青山のイタリアンレストランから帰るタクシーで、長年の本心を陸に告げた。素直に語りすぎてしまったことに自分でも戸惑いを覚えて眠ったふりをしていたら、陸に手を握られた。力強い手指の感触に胸が震えた。

気持ちを受け入れて、自分を求めてくれているのかという勘違いは、陸の呟きですぐに崩れ去ったが。

『……昇』

セックスのときと同じだった。

陸は昇の身代わりとして蒼一の手を求めたのだ。

わかりきっていたことのはずなのに、ずいぶんと苦しかった。

――でも、この手で少しでも楽にできるのなら。

患者の傷ついた肉体を整えるように、陸の心を整えることができるなら、どんなにいいか。

――……せめていまだけでも陸が楽になれるなら、昇の手になろう。

脚を抱えている陸の右手へと、静かに手を伸ばす。中指の背に触れると、陸は全身をビクンと震わせた。強張っている手を擦って、やわらかくしていく。力が抜けて床に落ちようとする手を、蒼一は摑んだ。掌が重なり合う。指のあいだに指を入れ合うかたちで、手を繫ぐ。

陸は頑なに顔を伏せたまま、肩で息をしている。

キュッと、節の張った指に力が入る。強く握り返される場所から、深い痺れが拡がるのを蒼一は感じる。頭の芯までがジワジワと痺れきる。眉根を寄せる。

手だけでなく、身体まで、身代わりでいいから投げ出してしまいたくなっていた。

どんどん、陸の手指の締めつけがきつくなっていく。手が心臓になったかのように激しく脈打つ。

痛みと期待に蒼一は息を弾ませる。

もうこれ以上は骨が砕けるのではないかという極限で、ふっと陸の手から力が失せた。

指が擦れ合って繫がりがほどける。

陸の手も蒼一の手も、暗い床へと落下していく。

床にぶつかる痛みを手の甲で感じながら、蒼一は毎晩のように見る悪夢を思い出す。

人工壁で陸のほうへ行こうとして、左側の小さな青いホールドを選んだがために身動きが取れなくなって苦しむ夢だ。

あれはもしかするとただの夢などではなく、現実を示唆《しさ》しているものなのかもしれなかった。


ピンク色の掴みやすそうなかたちのホールドが、手の届くところにある。このホールドの先には、どんなルートがあるのか…。

ホールドが揺らいだ。

「中井先生？」

車の助手席から、ピンク色のフェミニンなスーツを着た高原優奈が、少し困ったように声をかけてきて、蒼一は我に返る。慌てて優奈の胸から目を逸らした。

「すみません。少しぼうっとしていました」

「中井先生でもボーッとすること、あるんですね」

優奈が「いいもの見ちゃった」と笑う。百合の匂いのするやわらかい空気が密室に充満している。

「今日は大事なお休みなのに、私のワガママにつき合ってもらってしまって、ありがとうございました」

「いいえ。花のことはよくわかりませんが、優奈さんの作品は明るくて、楽しい気分になりました」

単なるお世辞ではなく、彼女の活花は目を引く奇抜さや鮮やかさはないものの、バランスのいい安心できるものだった。人からどう見えるかを気にして常識の枠を設定し、その範囲で無理なく自己表現する。彼女のひととなりが表れているように蒼一には思われた。

……優奈の父親の整形外科部長から娘を誘ってやってくれと言われていたが、結局、蒼一のほうから動くことはなく過ぎていた。今日のフラワーアレンジメント教室の展覧会も優奈からの誘いだった。

招待に応じたのは、彼女がわざわざ病院まで来て一生懸命な様子で誘ってくれたのもあったが、八割方は陸と丸一日を過ごすことにつらさを覚えたからだ。

このところ陸とのあいだには常に軋《きし》みがあった。険悪なものではない。どちらかといえば、なにかの瞬間に保っている関係が瓦解《がかい》して近づきすぎてしまいそうで、それを精一杯退けようとするための不自然な緊迫感だ。

考える。もし弾みでまた肉体関係を持ってしまったとして、その後どうすればいいのか。

陸が求めているのは昇だ。

そしてなにより、蒼一自身が男同士の関係を背負うことをリアルに想像できなかった。

しかも相手は、自分にとって特別すぎる存在なのだ。陸に対する想いは、憧憬も恋情も肉欲も綯《な》い交《ま》ぜの混沌としたものだ。それらが解放されてしまったときに自分を制御できる自信がない。どうなっていくのか、まったく予測できない。

『私はすぐに悩んでしまう。新規ルートをトップで登りたくないと思ってしまう。情けないが、昔もいまも、その本質は変わっていない。そこ止まりの人間なんだ』

本当にそのとおりだった。

想定の範囲内のルートを取りたがる。

「中井先生、またこんなふうに会ってもらえますか？」

優奈に訊かれて、蒼一は肯定も否定もせずに微笑を返した。


「内科としては保守です」

「皮膚科も保守だな。いまは皮膚も培養できるしなぁ」

「循環器外科《うち》は推進派だ。移植できる臓器は多いほうがありがたい」

「でも、いまのところ脳死からの臓器提供の数は限られてるわけだし、心肺以外は脳死に拘らなくていいだろ。循環器も様子見でいいんじゃないのか？」

「いや、でもうちはほら、心臓血管外科と懇意なもんでな」

「まだ脳死からの移植は離陸したばっかりだろ。トラブルがあったらマスコミに突き上げられるのは目に見えてる。安定飛行に入ったら、うちも乗っかればいいいさ」

同期の医師五人での酒の席は、すっかり改正臓器移植法を受けての病院の舵取《かじと》り論議の場と化していた。

それぞれに立場や思惑がある。

コメントせずにナッツの香りの強いバーボンを楽しんでいた蒼一に、内科医が尋ねる。

「中井はもちろん保守なんだろ？」

「……いや、まだ決めかねてる」

「え、整形は高原教授の副院長の座がかかってるから一丸で行くって聞いたけど。どうしてだ？」

「心臓血管の村田先生の腕が、宝の持ち腐れになる」

「あー、村田先生なぁ」

ひょうきんな皮膚科医が大袈裟な表情で続ける。

「確かに村田先生は凄腕だけど、心臓血管の今井《いまい》教授が次期副院長ってのは勘弁してくれ。あんな論文専門教授じゃ話になんないだろ。それなら整形の高原教授のほうがマシだ」

確かに、心臓血管外科部長の今井は論文で名声を得ることを第一にしており、現場への関心が薄い。あまり権力を手にしてほしくないタイプだ。

循環器外科医が溜め息をつく。

「そもそも、医師全員の意見聴取なんてしないで、教授クラスから意見を聞いて院長の一任で決めればすむ話だろうに。これだから風見鶏は」

風見鶏とは現院長のあだ名だ。内科医が肩を竦める。

「脳死移植の世間の反応がまだよくわからないから、時間稼ぎをしたいんでしょう」

十中八、九、正解はそれだろう。

「そういえば風見鶏って上司の娘と結婚して、その上司が院長になったお陰でトントン拍子に出世してったらしいなぁ」

皮膚科医がにやにやしながら蒼一の股間を掴んだ。

「誰かさんも、もうこのデカいのを上司のお嬢様に挿《い》れちゃったわけか？」

「バカ。離せ」

苦笑して、蒼一は性器を揉んでくる男の手をどかした。当たり前といえば当たり前だが、陸でない男にはそんな触られ方をしても気色悪いだけだった。

三軒目の梯子《はしご》までつき合って珍しがられてから帰宅すると、すでに陸は暗くした寝室で眠っていた。

蒼一はジャケットを脱いでダイニングテーブルの椅子に座った。

天板に両肘をついて、俯いたこめかみを掌で押さえる。

アルコールを摂取しすぎた。暴走したがる感情と劣情を、懸命に抑え込む。酔っ払った身体中の血管が、いまもに破裂しそうだ。苦しい。まるで、あの人工壁の悪夢が現実となったかのような苦しさだった。

いっそ墜落できたら、楽になれるのに。

破滅衝動に身を任せる勇気すらない。

動けないまま、意識が朦朧とする。結局その晩、蒼一は寝室に入ることができなかった。


嵌め殺しのガラスの向こうで日曜日が赤く焼け落ちていくのを、蒼一はジムのランニングマシーンに足の裏を交互に叩きつけながら眺める。汗で全身ずぶ濡れだ。

こうして今日もまた陸から逃げつづけた。

もう十日ほど、陸とまともに口を利いていなかった。一日の接触は朝食をともにするときと、出勤時に陸が玄関で見送ってくれるときぐらいのものだ。眠るときは同じ部屋にいるが、それも次第につらくなってきていた。

つらくなるたびに、陸への想いを再認識させられる。

熱烈に片思いをしている相手と暮らしながらも、決して関係を深めてはならない。それはすでに拷問の領域かもしれなかった。

追ってくるわけでもない陸から一歩でも遠ざかろうと、逃げつづけている。

街灯の光が存在を強くしたころ、蒼一の足はのろのろと歩く速度になっていた。筋肉が膨張し、力が入らない。

――……たい。

それは追いつかれるというよりは、引き戻される感覚に近かった。ついに足が止まる。

――会いたい。

一緒に暮らしている相手に会いたくて仕方がない。

正面から目を見たい。声を聞きたい。話しかけたい。陸の手料理を食べたい。いてもたってもいられなくて、蒼一はいつもの三倍ぐらいに感じる重い身体を気力で動かし、シャワーを浴びて帰路につく。携帯電話には不在着信が三件入っていた。どれも優奈からのものだったが、見なかったことにした。

マンションに帰り着き、鍵を開けて玄関ドアを開ける。自然に「ただいま」という言葉が出る。リビングから駆け出してくる人影。

「おかえりなさい！」

「………」

ピンク色のカットソーに、白い膝丈のプリーツスカート。綺麗に巻かれた髪がやわらかく揺れる。

なぜ、優奈がここにいるのか。

唖然として言葉を失っている蒼一に、優奈が少し困ったように靴入れのうえのスペースを指で示した。そこには楕円形の籠があり、ピンク色と黄色の花が溢れ返っていた。

「今日、フラワーアレンジメント教室で先生にすごく褒められて、そうしたら、どうしても中井先生に見てほしくなっちゃったんです。ご迷惑、でしたか？」

「……い、いや。綺麗です」

パアッと優奈の顔が明るくなる。

「本当ですか？　もらってくれますか？」

「…ええ――あの、陸は？」

「部屋に入れてくれた方なら、少し前に買い物に行くって出ていかれましたけど」

訪ねてきた人間を家に上げて自分は出かけるなど、非常識すぎる。

だが腹立ちも起こらないほど、陸にいますぐ会えないことに落胆していた。

優奈は紅茶を一杯だけ飲んで帰って行った。陸は帰ってこない。携帯電話を持っていない彼に連絡の取りようもなく、日付けが変わった。

明日は大きな手術を控えているため、眠らないわけにはいかない。ベッドに横になって目を閉じ、なんとか眠ろうと努める。ジムで身体を酷使したせいもあってか、しばらくすると全身が痺れたように重くなる。瞼すら自力では上げられない。だが、意識は途切れず、金縛りに似た状態に陥っていた。

玄関ドアが開く音がする。片足を引きずる足音。シャワーの水音が始まって終わる。寝室に人の気配が生まれる。もうひとつのベッドが軋む。

陸が帰ってきたことに、蒼一は安堵する。

しかし陸はうまく眠れないらしい。ずいぶんと長いあいだ寝返りを繰り返したのちに、ベッドを下りた。裸足の足音が部屋を出て行こうとして立ち止まる。

ベッドに身体を押しつけられるような体感を、蒼一は覚えていた。陸に見つめられている気がする。

ふいに近くの床がかすかに鳴った。

陸が足音を忍ばせて近づいたのか……唇に、とてもやわらかな圧迫感を覚える。ほんの一瞬で感触は消えた。荒い足音が遠ざかり、寝室を出て行く。

――…………。

いまのは、なんだったのか。

あまりにも短かすぎたから、ただの気のせいだったのかもしれない。自分の願望が生んだ幻の感触だったのかもしれない。そもそも、これは夢のなかなのではないか。現実の陸は、まだ帰宅していないのかもしれない。でも、もし……もし、いまのが陸の唇なのだとしたら。たとえ昇の代わりだったとしても。

混乱と高揚に、心臓がゴトゴトと音を立てる。

動けないまま眠りに落ち、時計のアラームで目を覚ました。

陸はリビングのソファに座ったまま眠っていた。その仰向いている寝顔を見下ろしながら、蒼一は昨夜のあれは現実だったのか夢だったのかぼんやりと考える。いま自分から陸にキスをしたら、感触で照合できるだろうか。

カーテンから透ける光のなかで、蒼一はソファの背凭れに手を置く。

顔を近づけていく。心音がうるさい。

もう少しで唇が触れ合う……すぐ目の前で、長い睫がゆっくりと上げられた。視界に黒い眸が広がる。焦点を結べない距離で、視線が繋がる。

動けなくなった蒼一に、陸が低く擦れた声で尋ねた。

「昨日の女と、つき合ってる？」

キスしようとしたのを誤魔化したい一心で、嘘が口が衝いて出た。

「ああ、そうだ」

言ってしまってから、今度は慌てて撤回しようとする。

「いや…いまのは」

「そう」

陸が眠そうに目を閉じる。

「無難で先輩には似合ってる」

見えない手で押し退けられて、蒼一は陸から身を離した。

――これで、いいのか…。

自分に、先のまったく見えないルートに踏み込む勇気はない。それならば、勘違いされたままでも問題はない。むしろ蒼一に恋人がいると陸が思い込むことで、自然な距離を取りなおすことができるようになるのではないか。

……だが、それは甘い希望的観測だった。
優奈が持ってきた花が萎《しお》れたころ、陸は忽然と姿を消したのだった。

6

毎週、日曜日の夕方に優奈が綺麗にアレンジメントされた花を抱えて、蒼一のマンションを訪ねる。その礼に、蒼一は彼女を食事に誘う。

回数を重ねることが既成事実になっていくとはわかっていた。

優奈を選んだ、という認識はなかった。ただ、陸ではないほうに意識を懸命に向けようとしていた。

陸の脚は日常生活を送るのには支障がないほど回復していた。いくら社会性が欠如しているといっても、二十七歳の男なのだ。どうとでも生活していけるはずだ。陸にとっても自分にとっても、これでよかったのだ。

日に何度も、そう自分に言い聞かせる。

でも言い聞かせるだけでは足りなくて、優奈という別ルートを消極的に進んでいた。優奈との関係は実際のところ、フラワーアレンジメントと食事というワンセットのキーワード以外で語れるものはなかった。高原家の十時の門限に充分に間に合うように家の前まで送り届けていた。

ふたりが日曜ごとに会っていることは高原教授の知るところとなり、教授に「不出来な娘だが、よろしく頼むよ」と、半端なことは許さないと言外に釘を刺された。

いつかは結婚するつもりでいた。その相手が高原優奈ではいけない理由はどこにもない。熱烈な恋愛がかならずしも幸せな結婚生活に繋がるわけではないということは、すでに結婚している男女の友人知人を見てわかっていた。

それでも不誠実の影が心につきまとうのは、夜ごとの夢と劣情のせいなのだろう。陸が寝室から消えても、夢から彼が消えることはなかった。

夢のなかの人工壁で、いまでも蒼一はピンク色の摑みやすいホールドではなく、遠い場所にある青くて小さいホールドへと手を伸ばしてしまう。深層心理というほどの奥深さもない。

夢のあとには欲望を自分で処理する。

今日もまた、そのためにバスルームに籠もっていた。

「……、ふ」

シャワーから溢れる飛沫の湯気が、タイル壁に埋められている全身鏡をやわらかく隠してくれている。いつものようにバスタブの縁に腰掛けて、蒼一は硬い屹立を手の筒で扱いていた。

なにも想像しないようにして、ただ肉体の感覚だけを追う。

ぬるぬるする先端を指先で捏ねる。感覚がきつすぎて自粛してしまいそうになるのを許さず、いたぶりつづける。

「っく、ぁ…、あ」

果てそうなのに、果てられない。

陸のことを考えればすぐに果てられるとわかっていても、それは絶対にしたくなかった。

「もう少し――」

もう少しだけ、なにかの刺激が欲しい。

双玉を揉みしだいていた手が、自然と脚のあいだへと這い込む。蟻の門渡りをくすぐると、もどかしい快楽に腰が縒れた。

乱れた前髪の下で、蒼一は目を眇《すが》める。

そこはいけないと理性は止めようとするが、指がさらに奥へと進んでいく。粘膜へと繋がる窪み。そこに触れたとたん、身体がぶわっと熱くなった。襞《ひだ》がピクピクするのを指先で感じる。

「ぁ」

襞の表面を擦る。触りにくくて、滑りにくい。

もうただ決定的な快楽が欲しかった。

蒼一はタイル床へと両膝を落とすと、ヘアコンディショナーのボトルへと手を伸ばした。ポンプを押して白いとろんとした粘液を掌に垂らす。バスタブに額を乗せて、身体を丸めるようにして脚のあいだに手を差し込む。

脚のあいだに粘液を塗りたくる。

「ん…」

指先が入った瞬間、蒼一は無意識にゆるく微笑んだ。

卑猥な粘つく音。粘膜を擦られる感覚。弾む呼吸。身体が浮き上がるような体感。思い出してはいけないのに、陸をここに含んだときの感覚がなまなましく甦る。甦り、押し流される。

「ぁ、あ、くが……陸…ッ」

陸が出て行ってから一ヶ月のあいだ押し込めていた想いが、濃密な体液とともに堰《せき》を切って溢れた。

自分の乱れた呼吸が硬いタイル張りの空間に響く。

「………、こんな、つもりは……」

また、陸を汚してしまった。

激しい自己嫌悪に衝き動かされて、蒼一は浴室を飛び出した。裸のまま、廊下は挟んだ向かい側にある扉を開く。収納スペースから大きなトランクを引きずり出す。それをリビングへと運び、ナンバーロックを解除した。

トランクの蓋を乱暴に開くと、雑誌などの切り抜きをスクラップしたファイルや、蒼一が自分で焼いた映像が入っているCD－Rが溢れ出た。

両膝をフローリングの床につき、ファイルを開く。

弟の背後にひそかに移り込んでいる陸豪士の姿に、胸が条件反射で熱くなる。その熱を押し殺して、透明なホルダーから紙を抜き出す。ぐしゃりと握り潰す。

そうやって一枚一枚を抜き出していく。抜き出すごとに陸の姿が目に焼きつく。

陸豪士を求めつづけた長い年月。

この小さな記事や写真のひとつひとつを見つけたとき、どれだけ胸が躍ったことか。

捨てようと思っての行為のはずなのに、ファイルがひとつ空になるごとに、自分のなかに陸豪士が重く満ちていく。胸が苦しい。苦しさが、いつしか嗚咽になっていた。

手がぶるぶると震えて、ついに紙を抜き出す単純な動作ができなくなる。

まるで犯されたあとのように脚のあいだに白い粘液を付着させたまま、蒼一は十下座するかたちで裸体を丸めた。

くぐもった声で想いの塊を吐き出す。

「――会いたい」


「え、陸さんですか？　そういえば、最近来てませんけど」

野木がわずかに視線を逸らしたまま続ける。

「リハビリの方法はもうわかってるから、自分でしているのかもしれませんよね。アスリートだから自分の身体のことは陸さんが一番わかってるわけですし」

あれほど陸に心酔していた野木があっさりした態度な時点で嘘をついているのは明らかだった。思い返してみれば、陸が失踪して病院に来なくなってからこれまで、野木は一度もその件で蒼一に相談を持ちかけなかった。

要するに、野木は陸のことを心配しないですむ状態にあったわけだ。

しかし蒼一は気づかないふりをする。

「もし陸から連絡があったら、私に教えてほしい。主治医として心配しているんだ」

「わかりました」

理学療法室をあとにしながら、蒼一は苦々しい思いを嚙み締める。

陸は間違いなく、野木と連絡を取っている。

野木は仕事としてではなく、陸にリハビリテーションの指導をしているのだろう。

――私には秘密で、ふたりで会っているわけか。

明快すぎる嫉妬だった。今日まで陸を探そうとしなかったにもかかわらず、身勝手な憤りが込み上げてくる。

蒼一は野木の動向に目を光らせるようになった。仕事が長引かなかった日は、野木のあとを尾《つ》けた。

梅雨に入り雨の日が多かったため傘で顔を隠すことができて、不慣れな尾行でもなんとかなった。

かなり本格的にクライミングに取り組んでいる野木は、専門のジムに頻繁に通っていた。

彼を見張るために休日も家を空けた。

日曜ごとに優奈が携帯を鳴らしてきたが、電話に出なかった。

――……私はなにをしているんだ。

陸の居場所を突き止めて、会って、それでどうしようというのか。

もし彼を無理やり連れ戻しても、苦しい日々が続くだけだ。

きっともう自分は、昇の兄という立場に留まれない。昇の代わりを務めることもできないだろう。奇麗事の観念を貫くには、陸への思いはありふれた欲望やエゴイスチックな独占欲に堕ちてしまっていた。

陸はそんな薄汚れた想いを受け止めてはくれないだろう。

そもそも蒼一自身が、同性への肉欲を含んだ想いを、完全には認められずにいた。現実的なものとして思い描けない。

重心が定まらない状態で、先のルートがまったく読めないまま、見失った小さな青いホールドをひたすら探している。

ある曇天の日、野木はワックスで髪に癖を作って浮かれた様子で病院を出た。最寄り駅でいつもとは逆方向の電車に乗る。尾行していた蒼一は同じ車両に違うドアから乗り込んだ。乗り換えを二回して着いたのは都下の街だった。

駅から十分ほど歩いたところにある、築年数がかなり行っていそうなアパートの外階段を野木が上っていく。二階の角部屋のドアがなかから開かれて、野木はそこに吸い込まれていった。

蒼一は一階にずらりと設置されている郵便箱の名前を確かめる。

『陸』という文字を見て、大きく喘ぐ。

——ここに、住んでいるのか。

陸は彼なりに生活をしているのだ。そのことに安堵と喪失感が込み上げてくる。陸はもう自分の援助を必要としていない。生活面も治療面も精神面も、完全に離れてしまった。

重い水分に垂れ込めていた夜の雲から、ぽつりと雨が漏れる。

足許に黒い染みが拡がっていく。

＊　＊　＊

「雨が降ってきたみたいですね」

野木が窓を見ながら言う。陸も窓を見る。殺風景な四畳半の和室が黒いガラスに映り込んでいる。

ここに越してから一ヶ月になるが、もともと荷物といえば少しの着替えとクライミング用具ぐらいのもので、それらを突っ込んでも押入れにはまだ余裕があった。

こんな古ぼけたアパートでもユニットバスがついている。クライミングでテント生活に慣れている身としては、充分すぎる物件だった。

「じゃあ、始めましょうか。脱いでください」

野木の少し上ずった声に促されて、陸はTシャツの裾を摑んで一気に頭と腕を抜く。そしてジーンズのウエストボタンを指先で弾くように外した。

中井蒼一との生活は陸にとって、あれがもう本当にギリギリの限界だった。

まるで昇との生活をなぞるように家事をして、アルバイトの代わりにリハビリをしていた。

蒼一は昇よりも、いろんな意味で居候に親切な男だった。

昇ときたら生活リズムはメチャクチャで、陸が寝ていようがお構いなく足音物音を立て放題だった。食事もその場その場の気まぐれで外で食べてきたり家で食べたりする。女を連れ込むこともよくあった。ただ同じ女を二度連れてくることはなかった。時間も人間関係も自分が主導権を握って、相手には決して振りまわさせない。昇は錘になりそうなものを徹底的に嫌っていた。

そして蒼一のほうは、錘によって安定しているように感じられた。規則正しい生活を送り、陸が眠っていると起こさないように、まるで泥棒みたいに音を立てるのを控えた。朝食は家で食べ、夕食は陸が無駄に作らなくてすむように家で食べるか食べないかを事前に教えてくれた。異性に関しても「交際を考えている女性はいる」と特定の相手と真剣に……おそらく結婚を前提にしてつき合うことを考えていた。

高原優奈という上司の娘が花を抱えて現れたとき、陸は彼女がその相手だとすぐに察した。

『私はすぐに悩んでしまう。新規ルートをトップで登りたくないと思ってしまう。情けないが、昔もいまも、その本質は変わっていない。そこ止まりの人間なんだ』

それは陸とは真逆の資質だった。

陸は誰も歩いたことのないルートを切り開くことにこそ悦びを覚える。無我夢中ですべての力を出し切って挑むとき、時間の感覚が飛び、空間の上下も失われたようになる。あの極限の飽和状態に病みつきになっているのだ。

勇気があるという自負もなければ、クライミングを極めたいというような精神論も存在しない。

蒼一が平地で医療に携わっているように、陸は高地で崖を登る。それぞれの資質に合った場所で生きることに力を注ぐ。ただ、それだけのことなのだと思う。

――その生きることが、俺にはもう難しいだけで。

あれ以上、蒼一の傍にいたら、またきっと汚してしまう。高原優奈の出現で気持ちが乱れ、眠っている蒼一にキスをしてしまったときに、そう確信した。だから蒼一から離れた。

そうして、ひとりで暮らすようになって、陸は気づいた。

蒼一というまっとうな人間といることが、生への推進力になっていたのだ。それが失われれば、昇と結ばれたままのザイルに引っ張られる。一時期は生と死を跨いで遠くなっていた昇との距離は、みるみるうちに縮んでいった。

山に行けば生きる意味を再確認できるかと考えて、アルバイト代が出てすぐに国内の難ルートがある山でリードクライミングを試みた。左足はふんばりが利かず役に立たない。両手と右足で挑み、何度も落下してザイルに宙吊りになった。

臍のあたりに装着したザイルを中心点にして、中空で反り返った身体がゆっくりと水平に回る。視界に広がる梅雨の濁り空も回る。

肉体が思い通りにならないことが問題ではなかった。

虚しさと焦燥感ばかりが自分のなかに詰まっているのを感じる。

もう山ですら生命力の源泉を探し出すことはできなかった。

呼吸をして食事をして日々を送ってはいる。

しかし生きることの意味はすっかり失われていた。


左脚の素肌を撫でさする男の掌は、ジェルでぬるつき、ひどく熱くなっている。

陸が重い瞼を上げると、野木が火照った顔でにこりとした。

野木は理学療法士としての施術に、気孔術も取り入れているそうで、マッサージをするときは体温が上昇するのだという。

蒼一のマンションを出たときは、またクライミングをしたい気持ちもあり、できるところまで左脚を回復させたいと思っていた。そのため野木には連絡を取った。病院を通さずにリハビリテーションをつけてもらおうというのだから、かなりの金額になることを覚悟していたのだが、野木は金銭を求めなかった。

代わりに、ひとつの条件を出してきた。

『いつになっても構いませんから、クライマーに復帰してください』

陸が絶対に復帰するという約束はできないと答えると、野木は『素直な人ですね』と笑った。そして、『復帰する気持ちが少しでもあるあいだは、なんでもお手伝いします』と譲歩してくれたのだった。

その野木の期待を裏切る結果になったことを、報告しなければならない。

「今日の分は施術費を請求してくれ」

そう告げると、野木が手を止めた。

「……どうしてですか？」

「先週、山に行ってきた。それでわかったんだ。もう俺はクライマーには戻れない。気持ちが死んでる」

「そんな——体調とか、いまは少し気持ちが落ち込んでるだけとか」

野木が懸命に言葉を続ける。

「陸さんは八千メートル級や、世界的な難ルートに挑戦してきた人だから、日本の山なんかじゃ気持ちが乗らないんですよ」

陸は野木を軽く押し退けるようにして、畳のうえに敷かれたマットから上体を起こした。

「俺のことを買い被りすぎだ。いまの俺じゃ、国内のルートすらまともに攻められない。でも、それ以前に気持ちが動かないんだ」

野木が納得などするものかと言わんばかりに、すっきりした目元をきつくする。

「だって、陸さん、店の壁でクライミングしようとしたじゃないですか」

青山のイタリアンレストランの壁を登ろうとしたときのことだ。確かにあの時は、全身に悦びの電流が走った。

「僕にはわかりました。陸さんが壁に少し登ってみて、すごく嬉しかったって。そう顔に書いてありました……そもそも僕は、もしかしたらあの壁で刺激されるんじゃないかと思ったから、快気祝いをあそこにしたんです」

「策略家なんだな」

「ちゃかさないでください。僕は真剣なんです。陸さんは絶対に山に戻らなければならないんです」

「……」

いくらか尋常でない雰囲気を、陸は野木から感じる。

前にこんな様子の人間を見たことがあった。

昇のファンの女性だ。マスコミの露出が多く、人を惹きつける魅力のある昇にはたくさんのファンがいて、なかには思い込みの激しすぎる者もいた。次はこの山に登るべきだとか、こんな企画をするべきだとかいう内容の脅迫交じりの手紙がスポンサー会社や所属している芸能プロダクションに毎日のように送られてきていた。

もちろん昇はそんなものに影響を受けなかったが、彼がしたがわないことに腹を立てた手紙の差出人が、どうやって場所を突き止めたのか昇のマンションにまで押しかけてきた。昇は出かけていて陸が彼女の対応をすることになり、結局は警察に引き渡すことになった。ストーカー禁止法が適用されて、それもまたマスコミのネタとなった。

彼女ほど暴走してはいないものの、あのねっとりとした支配欲が野木からは漂っていた。

野木が青褪めた顔でにこりとする。

「大丈夫です。ちゃんと僕がこの脚を完全に治して、陸さんを華々しく山に戻してあげます。そうだ、そのことで明日の夜九時に、ここを訪ねてくる人がいますから、かならず家にいてくださいね」

「……」

いまの陸には、野木を撥ね退けるだけのエネルギーがなかった。

野木の言葉どおり、翌日の夜に玄関ベルが鳴った。訪ねてきたのは、陸もよく知っている立派な体軀の男だった。

「久しぶりだね、陸くん」

「手島…社長」

クライマー中井昇の育ての親と言っても過言ではない、テシマフーズの社長だった。壮年の男の渋みと迫力がある。

最上の仕立てのスリーピースに身を包んだ男は安普請のアパートにはあまりにも不似合いだったが、手島は気にする様子もなく、畳に胡坐《あぐら》をかいて座った。

「身体のほうはずいぶんとよくなったようだね」

「――野木とはいつから」

「君が入院中に、リハビリの担当ということで話すようになった」

「手島さんも、俺を山に戻らせたいんですか?」

野木の顔から笑みが消える。

「ああ、そうだ。君のスポンサーになりたい。中井昇を失ってしまったのでね」

「俺は昇のようには振る舞えない。広告塔になるつもりもない」

「君がその手のことがまったくダメなのは、重々承知だよ」

昇と手島との関係の下世話な噂を陸は思い出す。

問《と》い質《ただ》したこともなかったが、昇の奔放さを知っているだけに、ないとも断定できなかった。

「……俺は愛人とか、ムリですから」

手島が数拍置いてから破顔した。

「そういう噂があるのは知っていたがね。そういうんじゃない」

言いながら、手島はやおら右足の靴下を脱ぎだした。

現れた足——その先の部分を見て、陸は瞠目《どうもく》する。

そこはつるりとして、指が一本もなかった。

「右足だけ全滅した。お陰で、靴は左右で違うサイズのものを履いている」

陸は同じ状態の足を目にしたことがあった。

「凍傷…」

「自分も昔、山に登っていたんだ。親の金を使っての放蕩クライマーだったがね。それでも命懸けで登ってた。だが、雪山で遭難して、こうなった」

足先を撫でる手島の指がわずかに震える。

「命懸けのつもりだったが、本当のところはそんな覚悟はできていなかったんだな。生きて帰った自分は、もう命を懸けなければならない山には登れなくなってしまった。肉体じゃない。精神が…萎縮する」

「それでもスポンサーとして山に関わりつづけた」

「ああ。昇に夢を託した」

「……そのことを、昇には？」

「話したが、特に気にしてはいなかった」

確かに昇はそういう人間だった。

手島に見つめられる。

「陸くん、山で死に損なった人間は二種類に分かれる。山を恐れて平地で生きるか、山に登らないでは生きられないか」

「……」

「君は山に登らないでは生きられない。違うか？」

それは正しい答えではない。山でも生きる力を取り戻せなかったのだから。

――俺はもう、どこでも生きられない。

しかし、平地の人間社会にいる違和感が日々、増しているのもまた事実だった。八千メートル級の高地のほうが酸素が薄いのに、こうして平地にいるときのほうが精神的には息苦しい。

高地で起こりやすい過呼吸の症状が襲ってくる。毛細血管が収縮して、指先がビリビリと痺れだす。陸は自分の口の前に両手で小さな空間を作って、そこの空気を吸った。

冷たい汗が噴き出る。

ハッ……ハッ……ハッ……ハッ……追い詰められた果てに、ふいに思いいたる。

――どうせ、どこでも生きられないなら。

陸は焦点のブレた目で手島を見返した。

掌に自分の声が響く。

「山が、いい」

7

氷壁のわずかなへこみに、ふたりで蹲っている。テントを設置できるスペースはなく、じかにテントを被っている状態だが、吹き荒れる風が常に布の端を踊らせ、そこから雪が大量に送り込まれる。雪崩に遭ってから、もう何時間がたったのだろう。ベースキャンプに連絡を入れた無線も、吹雪のせいで交信が途絶えたままだった。

陸は奇妙なかたちになっている自分の左足を見る。寒さにガタガタ震えているせいで、視線が定まらない。この足はもう落とすしかないのかもしれない。それ以前に、生きて平地に戻れるとは思えなかった。

寒いはずなのに、それすらどうでもよくなる瞬間が波のように訪れる。雪の載った睫が重くて仕方ない。瞼を閉じる。

――ああ…。

いつもの感覚が訪れる。

人の世界を遥か遠く離れ、自分の力で極限に挑むしかない絶対値の世界にいる。

――還りたくない。

このまま、山に溶けてしまいたい。それが自分にとって最上の安寧なのだ。

なんだか身体がふんわりと軽い。魂だけになって吹雪のうえへと浮かんでしまえば、そこには青がある。あの青にずっと染められていたい。

うっとりと微笑んでいると、ふいに腕を揺らされた。ハッと目を開ける。

「眠んなよ、バカ」

スカスカの声でそう言って、昇が苦しそうに喘ぐ。

この状態で眠ってしまったら、もう二度と目は覚めないだろう。

「いま山に溶けかけた」

「また…還りたくない病、かよ」

舌まで凍りついたみたいに、ふたりとも発音が不明瞭だ。もしこの場に誰かいても、ふたりの会話を聞き取ることはできなかったに違いない。

「昇は還りたいんだよな」

「………」

「昇？」

眠ってしまったのかと思うほど長い沈黙ののち、昇が呟く。

「俺は、平地も好きだ」

密着している二の腕から、ゆるい笑いが伝わってくる。

「くだんなくて、メンドくさくて……酸素ないと、エッチもできないし？」

陸は呆れ笑いを伝え返す。

これだけ絶望的な状況のなかで――昇はいまこうして喋っていられるのが不思議なほどの重傷を負っていた――、よくも軽口が叩けるものだ。

しかし、そんな昇を陸は好きだし、すごいと思う。

昇は難所にぶつかったときも、軽やかな姿勢を忘れない。それは軽薄なのではなく、強いからこそできることなのだ。

平地と、宇宙に近い高みとを、自力で行き来する。スポンサーに金を出させるのも自力のうちで、すべての工程を楽しみきる。そして楽しむ妨げになるものは切り捨てる。

「でも、山に溶けんのも、いい、なぁ」

言葉は軽い調子だったが、昇がその根本を揺らがせたのは初めてのことだった。陸のみぞおちは不穏な予感に痙攣する。

昇は本当にかなり弱っているのだ。だから陸の絶対的な安寧を求める価値観に引きずられてしまっている。

「ココアを淹れる」

ふたりのあいだに空間を作り、寒さと焦燥感に震える手でコッフルに雪を詰める。吹き込んでくる風に何度も火を消されながらも、なんとか携帯燃料を燃やして湯を作る。そこにスティックタイプのココアの素《もと》を溶かす。

テシマフーズ製だ。

陸にとっては甘すぎるのだが、昇は甘いものに目がない。シロップに浸けられた桃の缶詰めが大好物で、よく食べている。そういえば、このK2行きが決まったとき、昇の兄がたくさんの桃の缶詰めが入った袋をマンションに届けに来た。紙袋を握っている手は、前に昇が言っていたとおり、綺麗なかたちをしていた。

「ん…」

ココアをひと口含んで熱すぎないことを確認してから、陸は昇の口元へとコッフルを運んだ。しかし、昇はほとんど飲まない。口に含んでも飲み込めずに顎を汚す。もう嚥下《えんか》する力もないのだ。

「陸」

昇が眠たそうな声で言う。

「還ったら、錘を作れ――――平地に連れ戻してくれる、超重量級の、錘」

次から次へと込み上げてくる嗚咽を、陸は懸命に押し殺す。

「自分がそうしろ。結婚して子供作って、もう山なんかに戻ってくるな」

自分とは違って、昇は平地で生きていける人間なのだ。

「俺……」

昇の身体が傾ぐ。肩に重みがかかってくる。細い呼吸が耳元で聞こえる。それが大切で、大切なものがいまにも喪われようとしていることに、陸の全身は悲鳴を上げる。

「俺は……背負う勇気がなくて、鍾を手放したんだ」

K2での遭難から一年近くがたとうとしている。ふたたび夏が廻ってきていた。

手島は来年の夏に、七千メートル級あたりで本格的な復帰を果たせるようにしようと陸に持ちかけた。しかし陸はとてもそんなには待てなかった。

「今年の冬、ローツェ南壁に単独登攀します」

手島は強く反対したが、陸は希望を聞き入れてもらえないなら山には戻らないと脅した。

「おととし、君は冬季ローツェ南壁に昇と登頂成功しているわけだからな……勝算がないわけではないか……昇との思い出の場所で完全復帰したい気持ちも理解はできる」

手島は自身に言い聞かせるようにして、折れた。

目標は定まった。その目標を果たすために、陸は黙々とトレーニングに励んだ。筋肉の強化に、負荷をかけてのウォーキングやランニング、クライミングジムでの壁登り。手島が施設やトレーナーを用意し、野木が陸の肉体のメンテナンスをする。

アルバイトは辞め、生活費を含めたすべての経済的負担を手島に頼った。以前の陸なら決してしなかった選択だ。しかしいまは冬までのあいだに肉体を徹底的に鍛えなおすことが最優先課題だった。

トレーニングの帰りに、陸はかならずコンビニエンスストアに寄る。そこで何キロ分ものクラッシュアイスを買う。

アパートに着いてすぐ、バスタブに水を張る。そしてクラッシュアイスの袋を次から次へと強くなった指で破り、中身を水のなかにザラザラと撒《ま》けていく。水風呂というより、氷風呂だ。未開封のものは袋入りのままバスタブに沈めておく。

服を脱ぐ。全裸を氷に埋めていく。

暴力的な冷たさに、身体中の毛細血管がキリキリと閉じていく。バスタブのなかで身体を強張らせ、奥歯を噛み締める。火傷に近い痛みが肌を覆いつくす。少しでも水が温みだしたら、バスタブの底の新しいクラッシュアイスの袋を破いて、氷を補充する。

耳鳴り。頭痛。吐き気。息を吸っても吸っても、細くなった血の流れは細胞に酸素を届けきれない。苦しい。眩暈にきつく瞼を閉ざす。

朦朧となる意識。

そうして、訪れる気配。

氷同士がぶつかる音に陸は目を開ける。

向かい合うかたちで、親友が氷に浸かっている。バスタブは狭くて身長百八十センチの男ふたりが入りきれるわけがないのだが、どこもぶつかり合うことなく収まっている。

昇は裸で、その髪や睫には雪が積もっている。でも少しも寒そうではなくて、軽やかな笑顔を浮かべている。

凍えて痺れている唇を陸はかすかに動かす。

「冬には、行ける」

陸は感覚の鈍い腕を昇へと伸ばす。

「俺のザイルをちゃんと引っ張ってくれよな」

昇の笑顔が、少しずつ氷水のなかへと沈んでいく。顎、口、鼻、目、眉、額、水上に漂う薄茶色の髪を摑もうとしたが、それは溶けるように消えた。

カラカラカラカラカラカラ。氷があちこちで音を立てる。

＊　＊　＊

弟の一周忌法要を終えてから、蒼一は両親を車で自宅に送り届けた。すぐに帰ろうとすると「お茶ぐらい飲んでいきなさい」と母親に呼び止められた。

以前は月に一度は実家に顔を出していたのに、そういえばこの一年ほとんど帰っていなかった。陸のことで頭がいっぱいだったとはいえ、両親には寂しい思いをさせてしまった。

「蒼一、少し痩せたんじゃないのか?」

リビングのソファに向かい合って腰を下ろした父は、自分のほうこそ以前より萎んで見えた。

「先月、整形外科の同僚が医者の不養生で倒れて、その分の患者をシェアしてるから、けっこうハードなんだ」

「お前も医者の不養生にならないように気をつけるんだぞ」

ありがちな言葉にも、切実な重みが加わる。

母がテーブルに茶碗をみっつ置き、それからカタンと筒状のものを置いた。

白桃の缶詰めだった。

「いっぱいあるから、少しずつ食べていかないと、ね」

喪服姿の三人で、甘ったるい果肉を頬張る。

気がつくと母は手も口も止めて、じっと蒼一を見つめていた。その眼差しは可愛くて可愛くて仕方のないやんちゃな息子に対するものだった。

帰りしなに母親は蒼一に、桃の缶詰めの入った紙袋を渡そうとしたが、蒼一は戸惑ったのちに首をはっきりと横に振った。

「母さん、ごめん。おやすみ」

もう昇の代わりはしない。そう決めたのだ。

法要には昇に深い縁のあった人たちも来てくれた。テシマフーズの社長の姿もあった。陸にも現住所にハガキで知らせたが、彼の姿はなかった。なぜ現住所を知られているのか陸は気味悪く思ったに違いないし、知らせたところで参列しないだろうことはわかっていた。それでもハガキを送ったのは、もう一年がたったのだと、改めて告げたかったからだった。

車を自宅マンションとは違う方角へと走らせていく。

一ヶ月ほど前に住んでいる場所を確認してから、何度か古びたアパートの前まで行った。どうやら陸は忙しくしているらしく、遅い時間でも部屋に明かりが点っていないことが多かった。明かりが点っていても、階段を上る一歩を蒼一はどうしても踏み出せなかった。

それでも二度、陸が帰ってくるところに遭遇した。

会いたいと思って居場所を突き止めたはずなのに、咄嗟に横の路地に飛び込んでしまった。

自分でもどうすればいいのかわからない、宙吊りの一ヶ月だった。

答えが出たわけではない。

しかし昇がこの世を去って一年がたったのだ。陸はその事実を受容できているだろうか。陸が昇から離れて、前向きに生活できているかどうかを、じかに姿を見て声を聞いて確認したかった。

——……昇は、陸と私を結ぶザイルだ。

そのザイルを陸がすでに手放していたとしたら、それは陸と蒼一を結ぶものが失われたことを意味する。もう陸と関わることはなくなるのだろう。

そして、もし陸がいまだに昇に囚われていたとしても、もう自分は弟の身代わりをするつもりはない。その場合でも、陸とはもう関わることはないのだろう。

要するに、どちらでも結果はひとつで、蒼一にとってはつらいものとなるわけだ。

しかしそれでも陸とのケジメをつけるために、事実に向き合わなければならない。

アパートの二階の端部屋の窓には明かりが点っていた。陸は在宅しているのだ。蒼　は車をアパート前の路肩に停めると、外階段を上った。一段登るごとに緊張が増していく。陸の部屋の前に立つころには、全身が凍えたみたいに硬くなっていた。

何度か深く呼吸をしてから、意を決してベルのボタンを押す。耳障りなブザー音が室内で鳴るのが聞こえる。しかし人が出てくる気配はない。もう一度、押してみる。

チャプン…カラカラカラ…。

水音らしきものがする。しかし、それだけだった。

「陸」

ぎこちなく呼びかける。

「陸、いるんだろう？」

答えはない。

しばらく逡巡したのち、蒼一はドアノブを摑んだ。

今日こそは会うと決意して来て、ようやく階段を上れたのだ。引き下がるわけにはいかない。さすがに鍵がかかっているだろうと思いながらもノブを回してみる。

意外にも抵抗なく回りきった。

「……」

手前に引くと、軋む音を立てながらドアが開く。

そこから室内を見回す。短い廊下の向こうに手狭な和室があって明かりは点いているものの、人影はない。

廊下の左手にはシンクとコンロがある。右手にはドアがひとつあった。

「入るよ」

そう告げてから玄関のなかに入り、靴を脱ぐ。

自然とそろりとした足取りになりながら家に上がる。奥の部屋を確かめてから、廊下のドアを引き開けてみる。なかは暗くて、やけにひんやりとしていた。ユニットバスがあるのが、ぼんやりと見えた。

誰もいないと思ってドアを閉めようとしたときだった。

カラカラカラ…。

なにかがぶつかり合う軽やかで硬い音が響く。

蒼一は動きを止めて音のほうへ——バスタブへと視線を戻した。目を凝らす。

バスタブのなか、縁ぎりぎりのところに影があった。

「……」

ユニットバスへと一歩踏み込んだ蒼一は、なにか小さなものを蹴飛ばした。それはなめらかに床を滑ってバスタブの外側にかつんとぶつかった。クラッシュされた氷らしい。

バスタブには水が張られている。氷がたくさん浮いている。そして、その氷のあいだにぷっかりと人面があった。闇と水に沈みかけたそれは、まるでデスマスクのようだった。

蒼一は頭から血が下がるのを感じる。心臓が不穏に強く打つ。

「……くが？」

擦れ声で呼びかけると、蒼一の声を別人のものと聞き間違えて、デスマスクが頬を緩めた。

「昇」

囁く声で陸が乞う。

「俺のザイルをもっと引っ張ってくれ」

「——。君はいったい…」

蒼一はスーツが濡れるのも構わず、ざぶりと両腕を水に突っ込んだ。暴力的な冷たさに痛みを覚えながら、陸の脇の下に腕を突っ込んで、バスタブの外へと引きずり出す。

狭い床で、陸がガクガク震えながら蹲る。

ドアの内側のフックにかけられていたバスタオルで、蒼一は陸の身体を包むようにして拭いた。拭いているうちに気づく。

腕の太さ。肩の盛り上がり方。硬く締まった腹部。脚のしっかりした感触。

同居していたころの枯れかけた樹木のような肉体ではない。ストイックに鍛え上げられている。

ここまで鍛えるのは具体的な目標があるからに違いない。

そして陸が目標を持つとしたら、ひとつしかない。

「……山に、戻るのか？」

長い睫がのろりと上げられた。奇妙に澄んだ眸が現れる。

寒さで朦朧としているのか、あるいは半ば夢を見ている心地なのか、蒼一の乱入に陸はさほど驚きを示さなかった。

「――先輩」

「昇の一周忌のハガキ、受け取っただろう」

「……」

「昇が死んで一年たったんだ」

敢えてストレートな言葉で告げると、陸は首を捻じ曲げて視線を背後のバスタブへと向けた。

「昇なら、そこにいる」

蒼一もまた思わずバスタブのなかを見てしまう。当たり前だが、人影はない。

「陸、昇は死…」

諭す蒼一の言葉に、陸の明るい声が被る。

「昇と、またローツェに登る」

「え…？」

「今年の冬に」

「………」

陸はなにを言っているのか。

鍛えられた肉体。死んだ昇とローツェに登ると言う。まるで氷雪のなかになぞらえたかのような氷水。そして、この微笑。

——違う……陸が本当に望んでいることは……。

蒼一は背筋を強烈な寒気に貫かれた。

両手で厚みの増した裸の肩をグッと掴む。

「帰らないつもり、なのか」

答える代わりに、陸はバスタブに目を向けたまま眩しそうに目を細めた。

「ッ」

熱いものが蒼一のみぞおちで煮《に》え滾《たぎ》った。

憤りと哀しみと、強烈な嫉妬だった。

——陸はいまだに昇といる。私から離れて、ずっと昇と過ごしていた。

陸のなかで昇は過去になるどころか、存在を大きくしていったのだ。

「陸」

呼びかけても、肩を激しく揺さぶっても、陸の視線は戻ってこない。

「昇はもういないっ。私を見るんだ」

蒼一は陸の素肌に爪を喰い込ませる。

奥の和室の明かりがわずかに届き、陸の横顔を薄く照らしていた。浅い二重の目、頬骨の淡い張り、いくらかふてぶてしい唇の膨らみ、濡れて顔に張りつく黒髪は少し伸びぎみだ。

バスタオルは下腹のところにわだかまっている。

選ばれた筋肉だけを重ねた肉体には、若木の張りがある。鍛えられた胸にぽつりとある新芽のような小さな突起。

蒼一の右手が肩からずり落ちていく。そして突起を親指の下に隠した。指を揺らして粒の先を撫でる。

「……ん」

陸の眉がかすかに歪む。

粒を指先で弾き上げると、露骨にビクッと青年の肉体が跳ねる。それでも黒い眸は頑なにバスタブのなかを——昇を見つめている。

どうしても陸に自分のほうを見させたい。

蒼一は身体を伏せ、指先で捕獲している左胸の小さな粒に唇を寄せた。舌先でそれに触れた瞬間、理屈と理性が弾けた。

舌で突起をねぶりまわし、唇に挟んで吸いたてる。吸うだけでは足りなくて、前歯で甘噛みする。

一連の淫行を執拗に繰り返しながら、両手で陸の肉体を撫でまわす。冷たい肌が熱を帯びていく。

乳首を吸り上げると、陸が「は…」と甘く息をついた。

バスタオルのうえから下腹へと手を這わせると、強い芯が掌を押し返してきた。それをきつく握り込む。

陸は蒼一の手首をぎこちなく摑んだ。

「中井…先輩っ、だめ、だ」

舌で乳首をいじりながら目を上げると、間近で視線がぶつかった。

陸の意識を昇から奪えたことに、深い悦びと興奮が溢れる。厚みのある布越しに手の筒を蠢かせば、陸の長い脚が大袈裟なほどビクつく。

「俺は——俺はもう、先輩と、しない」

ここでやめれば、陸はまた昇に囚われるのだ。

「……それなら、君はなにもしなければいい」

蒼一は根元から先端まで陸のものを扱いた。先端が筒から外れて、バスタオルだけが手のなかに残る。タオルを陸の身体から剝がした。

きつく勃ち上がったペニスが剝き出しになる。くっきりした段差がいやらしい。

昇と死にたがっているくせに、そこは生命力に張り裂けそうになっていた。その生命力をもっと育てやりたくて、蒼一は陸の両膝を摑んだ。左右に押し開きながら、上体を深く前に倒していく。

フェラチオされるのを嫌がって、陸が蒼一の髪を摑む。押し潰した声で訴える。

「もう先輩を汚さないって、決めた」

蒼一は喉を短く鳴らして笑った。

「いまから汚されるのは、私じゃなくて、君だ」

「——え？　……、ぁぁあ、あ」

腹部にくっつきそうなほど反り返っている性器の裏側をぞろりと舐め上げる。亀頭まで続けて舐めると、陸の喉が締まって「ンッ」と音を撥ねさせる。

男の性器に奉仕する違和感はある。しかし陸のものだと思えば、それすら頭がおかしくなりそうな悦びに繋がる。

快楽で陸をめちゃくちゃにしてやりたい。同性だからこそ、その方法がわかる。

右手で茎を扱きながら、括れや先端の孔を舌先で細かくさする。左指五本をバラバラに使って、双玉の裏をくすぐり、その指先が次第に会陰部へと這いだす。陸は何度も腰を浮かせて刺激から逃げようとした。その度に蒼一は硬い性器を頭から口に含む。陸の肉体が面白いくらい、くにゃりと力を失う。

過敏なエリアを渡りきった指先で窄まりの襞を撫でると、さすがに大きな抵抗が起こった。これだけ鍛えてある身体で本気で抗われたら、とてもではないが捻じ伏せることなどできない。

蒼一は冷ややかな視線と声を、陸に向けた。

「君は私になにをした？」

陸が動きを止める。その引き締まった臀部の底へと蒼一の指はふたたび這い込み、粘膜への口に触れた。

「私のこの部分に、指を挿れたね？」

罪悪感が、澄んでいた眸を曇らせていく。

「それだけでは足りなくて、この太くて長いペニスを無理やり根元まで捻じ込んだ」

わざと露骨な表現をする。

簡単で清らかな死から、淀んだ複雑な生へと、陸を引きずり下ろす。

「私のなかで射精した」

陸の目と唇が力を失って、緩く開いたままになる。下の粘膜も同じだった。指先がぬくりと体内に潜り込む。内壁が弱々しく蠕動《ぜんどう》する。指をくねらせると、粘膜が締まって吸いついてくる。

蒼一はこのところ自慰をするとき、かならず自分の体内に指を挿れる。性器への刺激だけでは達することができなくなってしまったからだ。みっともない自分を嫌悪しながらも、指は身体の奥から怖いほどの快楽を抉り出す。自虐的な淫蕩に堕ちていく。

だから、男の身体の秘密ならよくわかる。

「ぁ…あ、っ！」

粘膜に沈む凝りに指先で触れたとたん、陸が全身の筋肉を浮き立たせた。まるで美しい模様のようだ。中指の先をゆるゆると動かすと、その模様がさらに鮮明になる。

「せん、ぱい——先輩…」

「ここの筋肉もよく鍛えられてる。指をどんどん締めつけてくる……ふ…」

実際、指先を動かすのもつらいほど、陸の内部は締まりきっていた。

蒼一は膨れ上がっていく劣情を抑えながら、慌ただしくユニットバスのなかを見回した。洗面台に置かれたものへと視線を走らせる。見慣れたプラスチック製のボトルがあった。いったん陸の体内から指を抜き、上体を伸ばしてそのボトルを手に取る。

リハビリのマッサージにもちいるジェルだ。おそらく野木が持ち込んだものなのだろう。これなら粘膜から吸収しても特に害はない。

ジェルを右手がぐちゅぐちゅになるほど垂らす。

陸は脚を閉じようとして、蒼一の腰を挟んでいた。その閉じきれていない脚の狭間をぬるつく手でまさぐる。

「う…あ——、ぁ、……」

きつい粘膜のなかを、にゅるりと指が進む。

一度攻略したポイントへとすぐに辿り着く。今度は指がなめらかに動いた。

「ひ、ぅ、…あ、あ、あっ」

いま陸が感じている性器を内側から擦りたてられる体感が、蒼一にはよくわかった。不安定にうねりだした孔に、薬指も押し込む。指先で、陸の快楽の凝りを摘まむようにする。

「ぐ、っ、ッ…」

陸が足の裏を床について腰を浮かせる。腹側のポイントから指を外させようとする。敢えて追わずに指を第一関節から根元まで出し挿れする動きに切り替えると、それもまたつらいらしく、陸がすすり泣くような声を上げる。

揺れる屹立がいやらしすぎる。

そろそろ欲が爆ぜるかというところで、蒼一は指を引き抜いた。小さく開いた孔と指先とに透明な粘液が糸を引く。

自慰で楽になろうとする陸の身体を後ろ向きにし、両手をバスタブの縁につかせる。膝立ちの姿勢を取らせた。

蒼一は熱の籠もったジャケットを脱ぎ捨てると、衣類の下腹を乱した。限界まで膨張している性器を露出させて、それに大量のジェルを塗る。

陸の腰を両手で摑み、丸く締まった双丘のあいだへと亀頭を押しめる。窪んだ場所に先端がくっつく。

挿入の欲求が衝き上げてくる。

下腹に力を籠めて、腰を前へと押し出した。

「く…きつ、い」

ジェルを使っているとはいえ、肉の抵抗は凄まじかった。まるで道のない場所に無理やり道を作っていくかのようだ。半分ほど入ったところで進めなくなる。

陸はバスタブの縁で腕立て伏せをするかのように腕を折り曲げていた。体内の男性器から逃げたがって、背中の筋肉が力を溜めては波打つ。

「ああ…陸」

陸を抱いているのだと、背の骨や筋の隆起を指でなぞり、実感する。

背中から脇を辿り、両方の胸の尖りを摘まむと、冒瀆的《ぼうとくてき》な悦びが込み上げた。指先で粒をねちねちといじると、陸の内部の締めつけが不安定になる。

蒼一は夢中で腰を突き上げた。ひと突きごとに繫がりが深まっていく。

「うっ…うっ、う…ぁ…あ……、先輩──奥、すぎ…る、ぁあ、あ」

八千メートル級の山での苦しみに耐えられる男が、自分のペニスですすり泣く姿は、眩暈のするような満足感を蒼一にもたらした。

ようやく、すべてを収めきる。

「頂《ピーク》だ…」

教えながら、蒼一は陸の下腹へと手を這わせる。

わずかに芯を持って腫れている器官は、扱くと素直にそそり勃った。そのもうひとつの頂を掌でくるんでやる。そうして、繫がった場所を激しく摩擦していく。

突くたびに陸が啼く。

結合部分から泡立ったジェルが溢れ、蒼一の指のあいだからは陸の蜜が零れる。擦れ合う敏感な部分が、どんどん熱くなっていく。陸が背中を反らした。自然と顔が上がり——ビクンッと全身を痙攣させた。

果てたのかと思ったが、違った。陸は身体を硬直させて、バスタブのなかを凝視していた。

「…………」

陸の幻覚に、引きずられたのだと思う。

ほとんど氷が解けた水のなかから、ぬっと手が現れる。それは陸の首に巻きついた。陸の身体が前に引っ張られて、下肢の結合が浅くなる。

昇、と陸が呟く。

その言葉に応えて裸の弟が陸の上半身を抱き締めるのを、蒼一は見る。

弟が愉しそうに親友を引っ張る。蒼一もまた陸を背中から抱き締め、引き戻す。ふたたび繋がりが深まり、陸が激しく喘ぐ。

キスしそうな距離に弟の顔があった。

可愛げのある顔つきと、軽やかな空気。

『兄貴、気持ちいい？』

色気のある声と表情で尋ねられる。幻だとわかっていてもリアルで、蒼一はヒックスを弟に見られる羞恥に思わず目を閉じる。

――いない。昇は、もういない。

きつく自分に言い聞かせる。

次に目を開けたとき、幻は消えていた。

蒼一は陸の腰を両腕で抱き、身体を繋げたままゆっくりと立ち上がった。明かりを点けると、薄闇に慣れていたせいで眩暈がした。

そのまま一歩下がって、トイレの蓋のうえに座る。

「ひ…、ぁっ」

座位で深まった結合を緩めようとして、陸が腰を浮かそうともがく。

蒼一は陸の左脚を摑み上げ、すぐ横にある洗面ボウルへと足を入れさせた。バスタブへと脚を大きく開く姿勢になる。正面から見れば、性器ばかりか、結合部分まで露わだろう。

「昇が…」

陸が震える声で訴える。

「昇が見てる」

それでいい。陸のなかの昇に見せつけるための行為なのだ。

上げられた左脚を無残に覆っている傷痕を撫でまわしながら、蒼一は繋がった場所を捏ねるように腰を使いだす。

親友に見られているという意識のせいで硬く狭まっていた粘膜が、少しずつ蕩けていく。

「ん…、ぁ」

むずがるように陸が身体をときおり捻じる。

「強くしてほしいのか？」

陸がバスタブから顔を大きく背けた。すぐ目の前にある耳は泣いているみたいに真っ赤だ。汗の浮かぶ項を舐めると潮の味がした。

望まれたとおりに、陸の身体が激しく揺れるほど強く犯す。

「ぁ…ぁあ、ぁあ、ぁぁ」

肩口から前を覗けば、陸の性器は腫れきったまま根元から振りまわされていた。先端から透明な蜜が飛び散る。

バスタブのほうを気にしながらも、陸が訴える。

「あー…、なか…なかが、おかし…」

確かに陸の体内はおかしくなっていた。

蒼一の性器に応えて波打っては、ギチギチと嚙んでくる。粘膜の収斂《しゅうれん》がじかに伝わってくる。

果てようとしている陸に、言葉で教える。

「なかにいるのは私……中井蒼一だ。私だけを感じてまっすぐ登り詰めるんだ」

「――先輩…の……中井先輩」

「蒼一、だ」

中井昇の兄でもなく、高校の先輩でもなく、元主治医でもない。

「……………そう、いち？」

よく知らない人の名前を口にするような、心もとない発音だった。

「そういち……ソウイチ……」

うわ言みたいに繰り返したのち、陸が我に返ったように呟いた。

「蒼一、だったんだ」

もしかすると陸が中井蒼一をすべてから切り離した純粋な個人として意識したのは、いまが初めてだったのかもしれない。

陸が右手を壁につき、床を踏んでいる右足に力を入れた。腰が上がり、蒼一の性器が蕾の輪に扱かれながら抜けていく。やはり中井蒼一《自分》ではダメなのか。失意が広がる。

だが、亀頭の返しのところが引っかかると、今度は腰が下りはじめた。温かい粘膜にねっとりと包まれて、蒼一は甘く呻いてしまう。

陸が左足でボウルのなかを踏んだ無理のある体勢で、身体を上下させる。

しなやかに力強く全身を駆使する姿は、クライミングをしている様子に酷似していた。その後ろ姿に、高校一年の少年の細身な肉体が重なって見えた。

心身の刺激がビリビリと倍増し、蒼一はいまにも爆発しそうな体感に襲われる。

「陸……、あ、すご、ぃ——っ、ッ」

いつの間にか、陸が首を捻じって蒼一を見つめていた。

身体が芯から沸騰し、蒼一は陸の腰を摑んだ。下から夢中で突き上げる。射精が始まる。

高いところから落下するのにも似た体感に、蒼一は咄嗟に陸の性器に摑まった。握り締めたとたん、それもまた白くて重い体液を噴き散らしていった——。

8

職員食堂の嵌め殺しの窓から見下ろす景色は、夏の強すぎる陽射しに色彩を半ば弾き飛ばされている。

食事を終えた蒼一は、担当患者の容態を頭のなかで素早くチェックしていく。看護師と当直医に気をつけてもらう必要がある患者は数人いるものの、勤務時間外に緊急でかけつけなければならないケースはなさそうだった。

——今日は陸のところに寄れるか。

この半月ですでに六回、蒼一は陸のアパートを訪ねていた。

肉体関係を持ったのは、初めの一回だけだった。感情と劣情に任せて酷い行為をしてしまったが、わずかなりとも陸を昇から引き離すことはできたように思えた。

あの日を境に、陸は蒼一のことを下の名前で呼ぶようになった。そして訪ねていけば部屋に入れてくれる。

テレビもパソコンもない部屋で、特に会話をするわけでもない。蒼一は仕事絡みの論文や専門書を読み、陸はストレッチや筋肉トレーニングをする。終電が過ぎてから、蒼一はタクシーで自分のマンションへと帰る。

互いにぎこちなさや緊張感はある。それでも陸が受け入れてくれているという事実が素直に嬉しかった。

陸への感情を——同性である陸への恋愛感情を、蒼一はいまはもう認めていた。一度は遠ざかろうとした小さな青いホールドを選び、摑んだのだ。その先の道のり《ルート》は読めないが、だからといって陸に会わずにはいられない。

もし陸が了承してくれるなら、マンションに戻ってきてほしい。今晩会ったときに、それを持ちかけてみるつもりだ。

知らず知らずのうちに、微笑んでしまっていたらしい。

「ずいぶんと幸せそうだな、中井くん」

いつの間にか、高原教授が傍らに立っていた。

蒼一は慌てて立ち上がった。

「申し訳ありません」

「なにも謝ることはないだろう」

機嫌よく笑いながら、高原が向かいの席に腰掛ける。

いまの申し訳ありませんは惚《ほう》けていたことに対するものだが、実際のところ蒼一は高原に後ろめたい気持ちを抱いていた。食事止まりの関係だったとはいえ、彼の娘である優奈とのことをうやむやのうちに終わらせてしまったからだ。

「院長によるヒアリングが進んでいるが、風向きはなかなかいいらしい」

声を低くして高原が言う。

脳死移植についての、所属医師たちの意識調査のことだ。

その話が持ち上がってからもうずいぶんになるが、院長は風見鶏と呼ばれているだけあって煮えきらず、なかなかヒアリングを始めようとしなかった。最近になってようやく重い腰を上げたのだった。

脳死状態の患者からの臓器提供を、積極的に受けるか、否か。

もし積極的に進めるなら、高い心臓移植技術を持つ村田医師を有する心臓血管外科が院内で発言権を強め、部門の長である今井教授の次期副院長の座が確定的となる。

そして消極的に様子見をするのであれば、医師たちからの支持が堅い整形外科部長の高原が有利になる。

ここのところ、蒼一は時間があるときは脳死移植関連の資料に目を通していた。脳死移植が活発におこなわれている海外の文献や、遺体に対する思い入れが強い国民性など日本特有の問題点を扱った論文などだ。

移植すれば助かる命が増える。それは医師としての正義だ。しかし正義を振りかざせば、脳死患者の家族に圧力を加えることになる。社会的に権威があるとされる医師に強く請われれば、納得しないまま同意してしまうケースも当然出てくる。

適用されるケースが少ないうちは丁寧に吟味されることも、日常的になっていけば流れ作業的になる。そしてさらに病院ごとに数を競うような流れも生まれかねない。

切実な命の問題が、パワーゲームへと繋がる。それはこれまでも医療現場に蔓延してきたものだ。現にこうして、すでに権力闘争のネタにされている。

答えを出せずにいる蒼一の肩を、高原がポンと叩く。

「将来の娘婿として、院長にしっかり意見してやってくれ」

蒼一は言われた意味がわからずに瞬きをする。

「……娘婿というのは」

「いやいや、なにも婿養子になれと言っているわけじゃない。できればそうしてもらいたいところだが、君も弟さんを亡くして、ひとり息子状態なわけだからね」

高原は、蒼一と優奈の交際が順調に続いていると思い込んでいるらしかった。どうしてそんな誤解が生じているのか。

「あの…」

「優奈はなかなか料理上手だろう?」

彼女の手料理を食べたことなど一度もなかった。

——もしかすると、優奈さんが嘘の報告をしているのか?

そうだとしたら、この場で嘘を暴いていいものだろうか。悩んでいるうちに、高原が「おっと、医薬品メーカーの重役が来る時間だ。失礼するよ」と言いながら立ち上がった。

「娘のことも例の件も、くれぐれもよろしく頼んだよ」


二十時ごろにアパートに着いたが、陸は不在だった。帰りを待つことにして、二階の外通路の欄干に肘を乗せて、ぼうっと辺りを眺める。アパートの隣は広い月極駐車場だ。

二階建ての簡素なアパートのかたちやこの視界の開け具合は、高校の部室棟と校庭の感じに少し似ていた。それに引きずられて、蒼一は高校時代の自分のことを思い出す。

青春のただなかにいたはずなのに、当時から周りの同年代の煌きを眩しく感じていた記憶がある。我ながら面白みのない少年だった。それはクライミングにも如実に表れていた。

冒険する勇気がなくて、無難なホールドに手を伸ばす。あまり無様なことにならないでそれなりに登れるが、人工的にホールドが配置されていない天然の岩や崖となるとトップで登るのは苦手だった。正解のルートがあるとは限らないからだ。誰かが先に行って突破可能だと示してくれれば、身体能力自体は高いので難しいポイントでも高確率でクリアできるのだが。

チームを組んでの山登りなら、いざとなったら滑落した者を支えるビレーヤーになれるが、新規ルートでの単独登攀にはまったくもって向いていない。

——……呆れるぐらい、変わっていなかったわけか。

優奈のことや脳死移植のことも、自分のそういう性質から答えを曖昧にしているうちに、ややこしいことになってしまった。

そんな変われなかった自分が、陸への気持ちを背負うと決めたことで、先の読めないルートへと一歩を踏み出したのだ。

向いていなかったとしても、人生は単独登攀なのだということに、三十歳にもなって気づかされていた。

似たような人生を送る者は多い。周りと同じようにありがちなルートをなぞれば心理的負担は減る。それでも、やはりまったく同じ人生を送る者はいないように、自分の前にあるのは未踏の崖なのだ。最期に迎える死は、登頂なのか、滑落なのか……どちらにしても、その時まで登りつづけるしかない。

いま考えれば、弟はそれを本能的にわかっていたのかもしれない。

『俺だって山に登ってるときはバカみたいに真剣だしストイックだけど？　ただ俺は山に登る前から、すべての過程をきっちり楽しみたいだけ』

——強い、な…。

ずっと弟は近すぎる存在で、比較対象される存在で、その強さや魅力を受け入れられなかった。

しかし、生死のラインを挟んで離れたいま、純粋に憧れることができていた。

目と鼻と喉の奥が熱く圧迫されていく。

涙が頬へと流れた。弟が死んでから初めて流せた涙だった。

外階段を上ってくる足音に我に返って顔を掌で拭っていると、足音がすぐ近くで止まった。そちらを見た蒼一は眸を硬くした。

「……野木」

日本犬を思わせる顔立ちの青年は、半袖のTシャツにハーフパンツという姿で鞄を斜め掛けにしている。

野木はこのところ病院で顔を合わせてもよそよそしかったが、いまは露骨に嫌な顔をしていた。まるで主人の庭で不審者を見つけた番犬のようだ。

「最近、部屋に誰か来てる形跡があるとは思ってたんですけど、中井先生だったんですか」

蒼一は野木へと身体を向けた。

「私は君に、陸と連絡を取りたいと言ったはずだが」

「そうでしたっけ？」

野木が平然と忘れたふりをする。

「私は陸の主治医だ。彼に責任がある」

「元主治医ですよね。いまはテシマフーズの社長が紹介したスポーツ専門のドクターが主治医です。中井先生が力になれることは、もうなにもありませんよ」

「……君と手島さんとその医者で、陸をまた山に連れ戻そうというわけか」

「僕たちが無理やり連れ戻そうとしているみたいな言い方はやめてもらえませんか。陸さん自身が山に戻りたがっているんです」

陸が山に戻りたがっている。事実といえば事実だ。

だが、それは生きるためではなく、死ぬためだ。

このアパートでともに過ごすとき、陸が黙々とトレーニングを続ける姿を見ていて、蒼一は苦しくなる。怖くなる。いまでも陸は昇を見ている。昇へと――死へと、ずるずると引きずられている。

蒼一がこうして頻繁にアパートを訪ねるのは、もちろん陸に会いたいからだったが、同時に陸の世界に自分を存在させることで、昇を少しでも退けるためだった。

同居していたころとの大きな違いだ。

昇の兄でも代理でもなく、「中井蒼一」として陸の傍にいる。

なんとか陸を生かしたかった。

「野木くん、君は自分がなにをしてるのか、わかっていない」

「わかってます」

「陸を殺したいのか？」

野木の顔が暗く翳《かげ》ったように見えて、蒼一の肌は粟立つ。

「……野木くん？」

「嫉妬はやめてください」

野木が懸命な表情で訴える。

「中井先生は僕と陸さんが懇意にしてるのに嫉妬しているんじゃないですか？　それで酷い言葉で僕を非難して……僕はただ、陸さんの望みを叶えたいだけです！」

「だから、その望みの本当の意味を、君は——」

そこで蒼一は言葉を止めた。

蒼一の視線を辿るように、野木が振り返る。

「あ、陸さん！」

陸はトレーニングウェア姿で、まるで頭から水を被ったみたいに汗をかいていた。野木は陸へと駆け寄ったかと思うと、ふいに身体を沈めた。

陸の下腹へと顔が寄せられていく。

蒼一に向けられていた陸の視線が、野木へと移された。俯いた顔を汗が伝い落ちていく。ランニングで息が上がっているせいだとわかっていても、わずかに唇を開いて喘ぐさまは、たまらない色気があった。

まるで野木にフェラチオをされているようで。

「左膝が少し腫れてます。今日は時間をかけてマッサージしましょう」

その野木の言葉に、蒼一は自分の下卑た妄想を恥じた。

野木は思い込みが激しいが、きっと彼なりに陸を支えようと必死なのだ。

『嫉妬はやめてください』

少なくともいまの嫉妬は、自分のいやらしさを投影したものだった。

陸に対する性衝動を抑え込むのに苦労している。

しかし陸のほうは、二回の性交がなかったかのように振る舞っていた。思えば一度目は目も開けない夢うつつ状態だったし、二度目は氷風呂で幻覚を見ているような朦朧とした状態だった。どちらも曖昧な記憶しかないのだろう。肉体も精神も、蒼一という個人を求めてはいない。

だから、これは片思いなのだ。

蒼一の手に自然と力が入る。次のホールドを摑みたい。

「陸、今日は話があって来た」

野木へと向けられていた視線を取り返す。

「私のマンションに戻ってきなさい」

余裕がなくて、つい高圧的な硬い言い方になってしまった。

「…………」

陸が目を眇める。

沈黙を破ったのは、立ち上がった野木だった。陸の腕に手を添えながら言う。

「部屋に入ってマッサージをしましょう」

陸がホッとした顔をするのを蒼一は見る。

それはなによりも明確な答えだった。

野木を連れてすれ違うとき、陸はじっと蒼一の目を見つめたが、言葉はなかった。

背後で閉ざされるドアの音とともに、手を伸ばした先にあったホールドが砕け、足の下の闇へとパラパラと散り落ちていった。

＊　＊　＊

ジェルにまみれた野木の手が、身体中を這いまわっていく。

敷かれたマットに短パン一枚の姿でうつ伏せになっている陸はさっきからずっと、外通路に置いてきてしまった人のことを考えつづけていた。

マンションに戻るように言われたとき、一気にいろんな感情や体感や推察が噴き上げてきて、混乱してしまった。それをいま、ひとつずつ検分している。

蒼一とのマンションでの日々は、自分に生きる力を与えてくれていた。あのマンションを離れて蒼一との繋がりが途絶えてから、陸は急速に昇のほうへと引っ張られていった。

この半月、また蒼一と過ごすようになって、昇との距離が少し離れた。氷風呂に浸かると確実に昇に会えるのだが、蒼一に抱かれる姿を晒してしまってからは、あまりにも気まずくて昇に会えずにいた。昇に会わなくても、平地にいる違和感に耐えられている。

――蒼一が会いに来てくれるからだ…。

彼といると、違和感に引っ繰り返りそうになる気持ちが、底のほうから安定する。一度離れたからこそ、それをはっきりと実感できていた。

——……戻りたい。

その気持ちは確かにある。

しかし同居したら、自分は間違いなく欲望を抑えられなくなる。

現に、この四畳半で数時間を一緒に過ごすだけで限界だった。欲望を紛らわせるために、ストレッチや腹筋などのトレーニングを懸命にする。

蒼一には高原優奈がいる。彼が望むのは、多くの人間が歩むノーマルルートなのだ。

——でも…激しかった…。

抱かれたとき、蒼一の自分に対する欲望をはっきりと感じた。

以前『汚い』と言われて、同性とのセックスに拒否感があるのだと思い込んでいただけに、とても嬉しかった。

思い出すだけで下腹が熱く疼《うず》き、陸はもぞりと腰を蠢かす。

「…ん…」

腿の内側を揉みほぐしていた野木の手が、ふいに短パンの奥まで入り込んできた。左右の双丘をそれぞれ鷲掴みにされ、持ち上げるように揉みしだかれる。親指が脚の付け根を擦る。ジェルで滑ったのか、会陰部を指先が走った。

蒼一との行為を思い出していたせいで、わずかな刺激が身体中に甘い波紋を拡げた。抱くほうでも抱かれるほうでもかまわないから、蒼一が欲しい。

これは勝手な思い込みかもしれないが、この部屋で一緒にいるとき、陸は蒼一の視線が絡みついてくるのを頻繁に感じていた。蒼一はたいてい本や資料を読んでいる。その紙の端から視線を投げかけられている気がしてならない。

「ぁ…」

際どい脚の付け根をさすられるたびに、野木の手が性器に当たる。うつ伏せの姿勢で下を向いているペニスは、明らかに膨らんでしまっていた。脚のあいだに座っている野木からは、短パンの端から突き出したものが見えてしまっているに違いない。

性器を見られること自体はなんでもないが、さすがにこれは気まずい。

「もう、いい」

そう告げて終わりを促したが、「まだ左脚が不十分です」と身体を仰向けに返された。左膝の裏を野木の肩に乗せる姿勢を取らされる。短パンの左裾が捲れて、そこから屹立が突き出た。

野木が爽やかな笑顔で言う。

「よくあることですから、気にしないでいいですよ」

「……」

プロが言うのだから、そんなものなのかもしれない。

性器を晒したまま施術を続けられる。

目を閉じて、また蒼一のことを考える。

蒼一は自分のことを、とても気にかけてくれている。以前は陸のことをあくまで弟の親友として扱っていたが、いまは中井蒼一個人として陸豪士とじかに接しているのを感じる。

押し倒せば、肉体も応えてくれるように思える。

いっそ、あのマンションに戻って、全力で蒼一を自分のものにしてしまうのはどうだろうか？

朝も夜もセックスをして雁字搦《がんじがら》めにすればいい。女を抱けなくなるぐらい、攻略しつくすのだ。ひとつの頂をあらゆるルートから攻め落としていく……それは陸のクライマーとしての欲望をも刺激した。

性器の先がじくりと蜜で濡れるのを感じて目を開くと、野木にそこをじっと見られていた。

さすがに短パンのなかにしまうべきだろうと、下腹に手を伸ばすと、その手首を摑まれた。

「陸さん、中井先生のところには戻れませんよ」

まるで肌を通して思考を読んでいたかのような野木の言葉に、陸は寒気を覚えた。

「中井先生には優奈さんがいます。病院内でも近々結婚するらしいって話が広まってます」

わかっていても、第三者の証言は胸に応えた。

しかしそれならば、蒼一はどうして戻ってこいなどと言ったのだろう。

——……監視、するためか？

蒼一は部屋を訪れると、かならず冷凍庫のなかを検《あらた》める。氷が大量に入っていないか確かめているのだろう。氷水に浸かると昇が現れるとわかっているらしい。もしかすると、蒼一もバスタブのなかに昇の姿を見たのかもしれない。

「優奈さんは高原教授のひとり娘ですからね。もし破談にでもなったら、中井先生の立場は悪くなります」

蒼一を自分のものにしてしまいたい。

しかし蒼一の仕事の妨げにはなりたくない。

ふいに性器に圧迫感が生じた。野木が小さく笑う。

「陸さんの身体って、本当に素直ですね」

みずからの下腹へと目をやれば、さっきまで破裂しそうだった性器が野木の手のなかで、くんにゃりと萎れていた。

昨日の今日だから来ないだろうと思っていたのに、その晩遅くに蒼一がアパートを訪ねてきた。たぶん、今日はハードなオペがあったのだろう。蒼一は疲弊した様子だった。

考えてみれば、このアパートは病院を挟んで蒼一のマンションとは逆方向にずいぶんと離れている。

これまで、二、三日に一度の割合で通ってきていたが、かなりの負担になっていたに違いない。

いまさらながらに蒼一をずいぶんと振りまわしてしまっていたのだと気がつく。

もともと人への気遣いは苦手で、それでいいと思ってきたけれども、いまは情けない気持ちが胸を占めていた。

これ以上、蒼一を困らせてはいけない。

一日遅れの答えを返す。

「蒼一のところには、戻らない」

灰色の目に瞼が重くかかっていく。疲れ果てた男の顔に落胆の色が塗りたくられていく。

陸の胸はギシギシと痛んだ。

抱き締めてしまいたい。キスしてしまいたい。朝までかけて、この肉体のすべてを辿りつくしたい。

平地の面倒なしがらみなど棄てて、蒼一をあの高みへと連れ去りたい。

「なかで…話をさせてもらえないか?」

蒼一が弱った眸を露わにして、乞う。

たぶん彼もわかっているのだ。もしここで部屋に一歩でも入れれば、陸に犯しつくされる。二度と、ノーマルルートへは戻れなくなる。でもそれは蒼一の性質上、つらいルートなのだ。

凄まじい葛藤が陸の心を荒らしていた。

——そうか……俺は、この人が、ものすごく好きなんだな。

好きだからこそ、これほど悩むのだ。

そして好きだからこそ、出すべき答えはひとつしかない。

言葉を喉から押し出す。

「これ以上、話すことはない。もう来ないでくれ」

蒼一の顔に失望が拡がる。でもそれはきっと過ぎ去る吹雪で、その後には青空が戻るだろう。蒼一は高原優奈と結婚して、医師として確かな明るい道を歩いていける。

ドアを閉じようとすると、蒼一が向こう側のノブを摑んだ。

無機物を通して伝わってくる力が愛しい。それをゆっくりと捻じ伏せていき、ドアを閉めた。

それから何回か玄関のベルが鳴ったが、腕立て伏せをしながら無視しつづけた。腕が痙攣するまで続けて、そのまま畳のうえで眠った。


玄関ベルの音で目を覚ます。部屋は明るくて朝になっていた。

ドアの小さな覗き孔から訪問者を確かめる。蒼一だったらどうしようかと思ったが、緑色の作業服姿の男がふたり立っていた。

ドアを開けると、若い男が笑顔で頭を下げた。

「ミナミ運送の者です。野木様のご依頼により、お引っ越しの作業をさせていただきに来ました」

「……聞いてない」

「申しわけありませんが時間が押しておりますので、作業に入らせていただきます」

ふたりの男は笑顔のまま、強引に部屋に上がり込んできた。

時計は六時を示している。こんな早朝にこの展開は、あまりに怪しすぎる。野木に連絡を取ろうかと思ったが、自暴自棄な心境のままに放置することにした。男たちは数少ない荷物を手早く梱包して、トラックに積み込んだ。陸もまたトラックの助手席に乗せられた。

車は田町の駅の近くを抜けて、東京湾のほうへと向かっていく。

特に利害関係も思い当たらないが、このまま海に沈められたりするのだろうかと他人事のように考える。だが、車は東京湾から目と鼻の先にあるタワーマンションの地下駐車場へと入っていった。

荷物と一緒に、陸は最上階である三十四階へと連れて行かれた。

自称運送業者の青年が、壁のリーダーにカードキーを通してドアを開ける。

「どうぞ」

先に入るように促される。

床も壁も白を基調とした空間。マンションの一室ということでいいのだろうが、玄関はテーブルセットを置けるほどの広さだった。白大理石の廊下を抜けると、視界がパッと明るく開けた。何畳あるのかわからない部屋の正面は、高い天井から床までガラス張りになっていて、海と空の青がいっぱいに広がっていた。

「早朝にすみませんでした。僕の出勤前に移ってもらいたかったので」

部屋の右奥にあるカウンターのスツールから野木が立ち上がる。

「……どういうことだ？」

「今日から陸さんはここに住むんです。トレーニングマシーンも揃えてあります」

絶景に気を取られていたが、言われてみればランニングマシーンやベンチプレスなどがずらりと並べられている。

「ここはワンフロア全部で一戸になっています。すごいんですよ。コントロールルームを除いて、全室の酸素濃度を調整できるようになってるんです。標高四千メートルでも八千メートルでも低酸素空間を再現できます。壁のパネルには酸素濃度のパーセンテージが常時表示されるようになってます」

一メートル四方ほどの大きさのパネルが壁に埋め込まれていて、そこには「22．00」とデジタルで表示されていた。酸素濃度二十二パーセント。平地の常酸素値だ。

「左の壁を見てください。人工壁《ウォール》もちゃんと用意してあるんです。ホールドはたくさん用意してありますから、好きな難易度で登れますよ」

高さも幅もある左の壁は一面がクライミング用に設えてあった。天井近くには急な反り返りも作られている。

「人工壁の左奥のドアから入ると、ベッドルームとダイニングキッチンとバストイレがあります。レインボーブリッジを眺めながらトレーニング三昧の生活ができるなんて、最高じゃないですか？」

主人に褒めてほしがる犬のように、野木が目をキラキラさせる。

立地条件といい設備といい、どう考えても一介の理学療法士が用意できるものではない。

「ここをどうしたんだ?」

褒めてもらえないことに焦れた顔で野木が答える。

「ここは手島さんが中井昇さんのために用意して、好きなときに使わせていた場所です」

「……」

「手島さんは、ここをぜひ陸さんに使ってほしいそうです。それで僕がここの――陸さんの管理を任されたんです」

おそらく野木は、陸と蒼一が簡単に会えないようにしたかったのだろう。

「あ、そうだ。それと」

野木が陸の手を引っ張って、キッチンスペースへと連れて行く。そこには業務用と言っていいほど大きな冷蔵庫が置かれていた。

その一番下の大きなボックスを野木が引っ張る。冷気があたりに拡がる。

「ここが冷凍庫になってるんですけど。陸さん用に買っておきました。切らさないように、僕が責任をもって補充しますから」

そこにはクラッシュアイスの入った袋が大量に収められていた。

呆然としたあと、陸の唇には引き攣るような笑いが浮かぶ。

陸を見上げている野木も、嬉しそうに笑った。

9

日曜日の朝から降りだした雨は緩急をつけながら降りつづけ、日付けが変わってもいまだ止んでいない。

今日も陸を探し出すことができなかった。陸は十日ほど前、蒼一にはひと言もなくアパートを引き払い、姿を消した。二度目の失踪だった。

『これ以上、話すことはない。もう来ないでくれ』

陸からそう言われていたが、探さずにはいられない。

今回も野木は陸の居場所を知っているのではないか。そう考えて、野木を尾行するつもりでいた。しかしそれはできなかった。

野木が急遽、退職したためだ。彼もまた住んでいたマンションを引き払っていて、所在がわからなくなってしまった。通っていたクライミングジムを見張ったが、そこにもまったく姿を現さない。テシマフーズの社長なら情報を持っているかもしれないと考えて会社にじかに電話をしたが、取り次いでもらえなかった。

——無理やりにでも、陸を私のところに連れ戻せばよかった！

戻らないと言われても、話すことはないと言われても、マンションに連れ帰り、いっそ監禁してしまえばよかった。

荒れた気持ちでマンションに戻った蒼一は、自分の部屋近くの共有通路で立ち止まった。玄関の前に蹲っている人がいたのだ。ピンク色のカットソーと白いプリーツスカート姿で、花を抱えた――。

「優奈、さん?」

駆け寄りながら呼びかけると、深く俯いていた女性が顔を上げた。間違いなく優奈だった。

「お、かえり、なさい」

そう言いながら立ち上がろうとした彼女の身体が大きく傾ぐ。籠に入れられたフラワーアレンジメントが床に落ちて、花が散らばる。

転倒する寸前で優奈を抱き留めることができた。

「優奈さん、いったい…」

彼女の肌がひどく熱いのに気づく。発熱していた。服が濡れているのは雨に濡れたせいだろう。

彼女と花を部屋に運び込んだ。濡れた服をそのままにしておくわけにはいかずに、下着以外の服を脱がせてバスローブを着せてベッドに横にならせる。耳孔用の体温計で測ると、三十八度九分あった。解熱剤を飲ませる。ほどなくして優奈は寝息を立てはじめた。

どうしたものかと考えていると、携帯電話の着信メロディが鳴りだした。優奈の鞄のなかからだった。メロディが途切れ、またしばらくすると鳴りはじめる。

この時間に繰り返し携帯を鳴らすということは、高原教授が十時の門限を過ぎても帰宅しない娘を心配しているのかもしれない。

「優奈さん、携帯を見せてもらいます」

眠っている相手に一応言葉をかけてから、彼女の鞄からピンク色の携帯を抜き出す。着信履歴を確かめると、思ったとおりだった。『父』の文字がずらりと並んでいる。

また携帯が鳴りだす。

やはり高原教授に状況を知らせるべきだろう。蒼一は通話キーを押した。

娘の携帯電話に男が出たことで高原教授は一瞬動揺したようだったが、相手が蒼一だとわかると安心したらしく声を和らげた。

事情を説明すると、「君なら問題はない。今夜は泊めてやってくれ。よろしく頼む」と言われた。

優奈との関係は相変わらず誤解されたままだった。交際に至っていないことをこの場で説明しようかとも思ったが、父親に嘘をついている優奈の立場というものもある。本人の話を聞いてからにしたほうがいいだろう。

寝室には陸のベッドが置かれたままになっていたが、女性と同じ部屋で寝るわけにはいかないため、蒼一はリビングのソファで眠った。

朝には優奈の熱は三十七度四分まで落ちていた。乾かされた服を着た彼女がおずおずと寝室から出てくる。

「中井先生…おはようございます」

蒼一は自分の分のコーヒーを淹れながら返す。

「ああ、おはようございます。車で出勤しますから家まで送ります」

「……ありがとうございます」

数種類のパンが入った籠を示す。

「食べられそうなものがあったら、食べてください。紅茶でいいですか？」

「……はい。あの、ご迷惑をかけてしまって――ごめんなさい」

蒼一はティーバッグで紅茶を淹れて優奈の向かいの席に座り、穏やかな調子を心がけて尋ねた。

「高原教授は私たちが結婚を前提に交際していると思われていますが、どういうことでしょうか？」

紅茶のカップが優奈の手のなかで震えた。

「中井先生とのこと、父も大喜びだったから、言い出しづらくて」

高原にしてみれば出世競争のかかった脳死移植の件で一票を確保できるわけだから、それは嬉しいだろう。職場に操りやすい娘婿がいるのも、なにかと好都合だと考えたのかもしれない。

そんなふうに悪く考えてしまってから、感情的になっている自分に苦笑する。

高原教授は今回の件とは関係なく、以前から蒼一の腕を認めて目をかけてくれていた。そこを度外視するのはフェアでない。

改めて、権力とは厄介なものだと思う。

当事者ばかりでなく、その周りの人間の目まで極端に曇らせる。

「でも父が喜ぶからだけじゃ、ないんです」

優奈が目を赤くして、蒼一を見つめる。

「私が中井先生を好きなんです。先生と結婚したいんです」

突然のプロポーズだった。

蒼一は優奈を改めて見る。

彼女は自分にとって好ましい要素を多く持った異性だ。実際、彼女との結婚をぼんやりとだが、想定したこともあった。そういう人生も確かにあったのかもしれない。

「自分の気持ちが定まらないまま、優奈さんの気持ちに甘えてしまったのは、私が悪かったです……いまは、とても大切な人がいます」

「…………。その方と、結婚するんですか？」

紙切れ一枚の誓約でも、できるものならそれで陸を縛りつけてしまいたい。

「結婚はできない相手なんです」

優奈はその言葉を不倫でもしていると受け取ったらしい。上体を前に傾けて懸命な表情で言う。

「それなら、私と結婚してください。その大切な人と会うななんて、言いません。うちの父もそうですけど、医師に女性関係が多いのは仕方ないことだから。それならせめて好きな人と一緒になりたいんです……それに、私と結婚すれば、きっと父が中井先生の出世の後押しをしてくれます」

「優奈さん」

蒼一は思わず表情を厳しくしていた。

「私は高原教授にこれまでとてもよくしていただいてきました。いまでも医師として多くのことを教えてもらっています。それ以上のものは、私はいらないんです」

高原教授に同調することで出世することは望んでいない。

そういう約束されたルートに多少心を惹かれたことはある。しかし、陸と深く関わっていくうちに、その欲は消えた。それは自分にとって本当に欲しいものではない。

優奈が涙目で立ち上がる。

「でも……でも、私は中井先生の家に泊まったんです！　父は絶対に責任を取らせますから！」

叫ぶように既成事実を主張すると、彼女は玄関へと走りだす。心臓に響くドアの開閉音ののちに、部屋はシン…となる。

陸が消え、優奈が消え、まっさらな壁だけが目の前に広がっていた。

＊＊＊

だるくて、気が遠くなりそうになる。身体中の細胞が酸欠を起こしている状態で、器具を使っての懸垂をのろのろと繰り返している。

壁の酸素濃度パネルは「１０．００」の数値を表示している。標高六千メートル相当の低酸素状態だ。常態の半分の酸素量での長時間におよぶハードなトレーニングは過酷だ。

陸は朦朧となりながら、改めて手島と昇の関係について考えていた。

タワーマンションの最上階にこれだけ特殊な設備を造って維持するのに、いったいどれだけの金がかかっているのか。

大きな部屋をひとつ潰して倉庫にしてあり、そこには大量のクライミング用品がぎっしり収納されている。ウェアもシューズも各種メーカーのものが色違いまですべて揃えてある。

ここはクライマーとしての手島の夢と……妄執が詰まった場所なのだ。

そして、その中核に据えられたのが昇だったのだろう。

肉体だけの愛人関係より、もっとずっと重苦しい、粘りつく関係だ。

手島の想いすら錘と感じないでいられる昇だからこそ成立していたのだと思う。

吐き気がする。

——気持ち悪い……きもちわるい……キモチワルイ……。

腕がパンプして、力が抜けた。手が懸垂器具の横棒から離れる。足の裏が久しぶりに床についたが、とても身体を支えられなかった。そのままリノリウムの床にドッと倒れ込む。

いまにも崩れそうになる精神を懸命に整える。

混乱してストレス状態に陥ると、肉体はより多くの酸素を消費する。平地の三分の一しか酸素がない超高峰において、それは命に関わる。クライマーは、リラックスしつつ常に的確な判断をする必要があるのだ。

——昇は理想的なクライマーだったな…。

そう思ってから、陸は昇のことを当たり前のように過去形にしている自分に気づく。過去になったせいなのか。毎日のようにバスタブで氷水に浸かるのに、昇は現れなくなっていた。

自分はいつの間に、昇の死を受容したのだろうかと考える。

……あの、蒼一に抱かれたときだったのかもしれない。あれから昇に会っていない。

「蒼一」

彼が高原優奈と婚約したことは、野木から昨日聞かされた。

よかった——そう思わなければいけない。

『陸さん、まだ中井先生のことが気になっているんですか?』

壁に埋め込まれたスピーカーから声が聞こえてくる。陸の呟きをマイクが拾って、玄関横にあるコントロールルームにいる野木に送ったらしい。コントロールルームでは、各部屋の酸素量や二酸化炭素量の調整ができるほか、すべての部屋に取りつけられた監視カメラの映像が見られるようになっている。バスルームやトイレも例外ではない。

玄関ドアもコントロールルームからでないと開けられない仕組みで、陸は実質的な監禁状態に置かれていた。

野木のイライラした声が響く。

『この程度でダウンするのは、邪念があるからです。僕が消してあげます』

排気口からゴーッと音がする。回復してきていた肉体が、またどろりと重たくなった。

壁のパネルの数値が減っていき、「7．35」になる。

急速に標高六千メートルから八千メートルへと引き上げられて頭蓋骨が軋むような頭痛が起こり、吐き気に胃が踊る。全身が痙攣しだす。視神経が順化できず、目の前が真っ白になった。

白い闇を滑落していく。

＊　＊　＊

脳死した患者からの臓器提供を積極的に受け入れることになりそうだという情報が、医局を駆け巡った。院長による医師からのヒアリングは九割方終わっており、ほぼ確定らしい。蒼一もすでに院長に自分の考えを述べていた。

これによって次の副院長の座は、心臓血管外科部長である今井となることがほぼ確定した。ただ、どうも今井が理事長を抱き込んでの裏工作をしたらしいという噂もあり、また推進派と保守派の医師や看護師たちのあいだの溝が深まり、医局の空気は重く刺々しいものになっていた。

もっとも影響を受けているのは整形外科で、高原教授はずっと苦虫を嚙み潰したような顔をしており、周りは腫れ物に触るように扱っている。

そんななか、蒼一は淡々と自身の仕事に励んだ。そして勤務後やオフの日は、陸を探すことにすべての時間を費やしていた。

陸が住んでいたアパートの住人たちに、どんな情報でもいいから教えてほしいと頭を下げて回った。不在だったり居留守を使われたりと全員の話を聞けるまでに時間がかかったものの、最後の最後で有益な情報を聞くことができた。

情報をくれたのは、陸の真下の部屋に住む、青白い顔をした神経質そうな若い男だった。ずっと居留守を使っている様子だった彼は、チェーンをつけたままドアを細く開けて、渋々教えてくれたのだった。

なんでもその日、夜が明けたばかりの早朝に、天井から複数の人間が慌ただしく歩きまわる足音がしたのだという。外階段を上り下りする音も聞こえて、イライラが極限に達した男がクレームをつけてやろうとドアを開けたところ、ミナミ運送の制服を着た男ふたりと陸が階段を下りて来た。

「声はかけたんですか？」

尋ねると、男は首を横に振った。

「うえの住人、その男たちに腕を摑まれてた。おかしいと思ったから声をかけなかった。変なトラブルに巻き込まれたくない。それにあいつ、アパートの女に色目を使って鬱陶《うっとう》しかった」

アパートには三人の女性住人がいて、蒼一が話を聞きに訪ねたとき、彼女たちは陸のことが気になって仕方ない様子であれこれ逆質問をしてきた。陸が何者かは知らなくても、外見や雰囲気だけで充分魅力的で、女の気を惹いてしまうのだろう。

男の証言のお陰で、陸がみずからの意思でアパートを引き払ったのではないらしいことが判明して、蒼一は心を励まされた。

——私を避けるための転居ではなかったわけだ。

しかし、ミナミ運送に問い合わせたところ、守秘義務があるからと陸の転居先については教えてもらえなかった。

アパート住人への聞き込みと並行して探していた、テシマフーズの社長が陸に紹介したというスポーツ専門医の絞り込みに成功したものの、こちらもすでに陸を診ていないということで情報を得られなかった。

陸へと繋がっていく端緒は、摑んだと思えば、ぷつりと切れてしまう。

病院を辞めた野木。連絡が取れないテシマフーズ社長。無理やりらしい転居。いまは担当していないというスポーツ専門医。

それらのパーツの下には、自分に対して隠されている事実がある。

なんとか見極めようと自宅のリビングのソファで頭を掻《か》き毟《むし》る。

ほかにも、いまの陸の居場所に辿り着けるルートがある気がしていた。

懸命に考えているうちに、疲労が溜まっていた蒼一はそのままソファで眠り込んでしまった。

岩の細い割れ目《クラック》に鉄釘《ピトン》を打ち込む。がっちり嵌っているのを確認してからピトンの端の穴にザイルを通し、自分の身体をザイルの端と繋ぐ。そうして、下方へと延々と垂れているザイルをクイクイと引っ張って、セカンドに登ってくるように合図を送る。

霧が深くかかっていて、二メートルほどしか視界が利かない。

どうして自分が崖を登っているのかわからないまま、蒼一はトップが自分でセカンドが昇、ラストが陸の三人でザイルパーティを組んでいることは理解していた。たぶん高校のクライミング部の野外実践なのだろう。

しかし、考えてみるとおかしい。陸とは一緒に山に登ったことはなかったし、昇は蒼一とザイルを結ぶのは避けていた。それに昇がいるなら、トップはかならず昇が取るはずだ。なぜ自分がトップで登っているのだろう？

そんなことを考えているあいだに、昇の姿が霧のなかから現れる。高校に入ったばかりの、まだ華奢な印象のある姿だ。やはり、高校の部活なのだ。

昇は難なく蒼一に追いつき、段になっている足場に並んで立つ。そして「豪上ーっ」と明るい声を出しながらザイルを引っ張ってラストに合図を送る。

「……昇」

弟がもういないことを、頭の隅ではわかっていた。

楽しそうな顔で弟が見返してくる。

「豪士はすぐ登ってくるって。あいつ、すごいよな。かっこいー」

前は眩しすぎて好きになれなかった弟の笑顔が、いまはとても愛しく思えた。思わず手を伸ばして頭を撫でると、昇がびっくりしたように目を見開く。そして、「なんだよぉ」と照れくさそうに身動ぎした。

一緒にいられるあいだに、弟とこんなふうにできたら、どんなによかっただろう。胸が奥のほうから軋む――――まるで、その軋みが岩盤に反映されたかのようだった。

ピトンを打ち込んだ割れ目が凄まじい音を立てながら拡がっていく。ピトンが抜け落ちる。支点を失ったザイルが一緒に落ちていく。

足場から振るい落とされそうになりながらも蒼一は亀裂の向こうにいる弟へと手を伸ばす。昇は懸命にザイルを握っていた。下へと伸びているそれはビンッと張り詰めている。

「まさか、陸が…」

「滑落したっぽい」

昇が……いつの間にか、大人になった昇が、蒼一に真剣な表情で頼む。

「兄貴、俺が豪士を支えてるうちに、下りて助けてやってくれ」

蒼一は強く頷く。

頷きながら、目を覚ます。

ソファに横たわっている身体は緊迫して強張っている。胸で大きく息をする。

「ゆめ…?」

夢だけれども、ただの夢ではない。

眠る前に考えていたことの答えが弾き出されていた。

「そうだ。昇がいた」

陸に辿り着くためのルートを、昇なら知っているのではないか。

——早く、陸を助けに行かないと。

焦燥感に衝き動かされて、蒼一は身支度をした。地下駐車場から車を出し、まだ真っ暗な道路を疾走する。

実家の前に車を停め、両親を起こさないように鍵を開けて玄関からなかに入る。階段を上り、弟の部屋へと入る。遺品はすべてこの部屋に収められていた。弟のものに端から触れながら、自分がなにを探しているのかを必死に考える。

——昇に関係があって、陸にも関係がある……陸の居場所に関係がありそうなもの……人……人?

「手島社長」

手島は昇の最大のスポンサーで、いまは陸を全面的にバックアップしている。そして手島は蒼一からの連絡に応えようとしない。

たとえば手島の自宅の住所なり、とにかく会える手段がわかれば、直談判できる。

手帳を探す。母が整理しておいてくれたお陰で、数年分の手帳は机の抽斗にまとめて入っていた。一冊一冊パラパラとめくっていく。だが、手島に連絡がつきそうな情報は記されていなかった。

代わりに、手帳をめくっていて気づいたことがあった。週に何度も、「ＳＨＴ」という文字があったのだ。三文字だから人間のイニシャルではないだろう。

手帳の入った抽斗の奥のほうにメタリックブルーの携帯電話があった。昇が使っていたものだ。手島の住所や、あるいは私用の携帯電話の番号が登録されている可能性は高い。電源キーを押すが、充電は切れていた。

充電器を探すのに少し手間取る。充電器に挿したまま、電源を入れた。携帯電話は問題なく起動した。

手島の携帯番号とメールアドレスはすぐに見つかった。

続けてアドレス帳のデータを見ていた蒼一は、「ＳＨＴ」の文字を見つけた。住所は田町になっている。「ＳＨＴ」とはスカイハイタワーの略だった。スカイハイタワー三十四階。

夢のなかで弟と打ち解けられたせいなのか、生前の弟がそこに頻繁に通ってなにをしていたのかが無性に気になった。

「……」

まだ夜も明けていない時間で、手島に連絡を取るにも早すぎる。

実家をあとにした蒼一は、東京湾に向けて車を走らせた。

＊＊＊

白い闇のなかを落ちていたはずなのに、気がつくと腰から泥に沈んでいくところだった。ねっとりとした生ぬるい泥が気持ち悪くてたまらない。

陸は目を開いた。天井で白いシーリングファンがゆるゆると回っている。眩暈がする。寝室のベッドに仰向けになっていた。下半身に湿った気持ち悪さを覚えて視線を下ろす。

「………」

裸だった。

「…ぅ」

気持ち悪さの中心は性器だった。

茎のなかほどから先が消えている。野木の口のなかへと、消えていた。チュプ…ジュ…ヌプ…クチュ…絶え間なく、フェラチオの音が上がる。

四つん這いになって奉仕する青年の姿は、餌を漁る犬を思わせた。

たぶん技術的には上手いのだろうが、陸は気持ち悪さ以外は感じなかった。

男は蒼一しか知らない。女とセックスするより蒼一とするほうが快楽が桁外れに大きかったから、もしかすると自分は同性愛者に近いのではないかと疑っていたのだが、いまは本当に気持ち悪さしかなかった。

野木が咥えた性器を引き伸ばすように、根元から先端へと扱いていく。先端がぷつんと口から外れる。緩いゴムの塊みたいに、性器はぐんにゃりと腹部へと垂れた。

口の周りを唾液まみれにした野木が舌打ちして、陸の左膝を摑んで激しく揺さぶった。

「この脚をここまで治したのは僕ですよ？　どうして僕の気持ちを受け入れてくれないんですか？　こんなに朝から晩まで陸さんに尽くしてるのに」

野木は病院を退職したらしく、ここに住み着いて二十四時間体制で陸を監視していた。野木の執着は日増しに病的になっていく。彼はクライマーの陸ではなく陸豪士そのものを所有しようと躍起になっていた。

昇や蒼一との同居と違って、野木との空間は違和感と不快感しかもたらさない。

野木が大きく出した舌を、ふたたび陸の性器に近づける。

叫びだしたくなる。暴れたくなる。

「離れ、ろ——俺から離れろっ！」

手で突き飛ばそうとして、両腕を頭上に上げるかたちでベッドヘッドに縛りつけられているのに気づく。

自由になる両足を折り曲げて、野木の腹部を踏むように蹴る。

野木の身体はうしろに吹き飛び、ベッドから落ちて床に尻餅をついた。

怒りに震えながら野木が喚《わめ》く。

「何度繰り返させるんですかっ」

野木が部屋から走り去る。

コントロールルームに行ったらしい。

寝室の壁の酸素濃度表示パネルの数字が、「21．00」からゆっくりと下がりだす。「16．00」「11．00」「8．00」「7．00」——標高八千五百メートルを越える高度の酸素濃度値だ。その高度を持つ山は世界でも四座しかない。そして陸はすでにそのうち二座、K2とローツェの頂を知っていた。

そしていま、また何度目かの頂を味わおうとしている。全身が激しく痺れる。山で寒さに意識を失いそうになるときの、あの幸せなような眠気が訪れる。こうやって波を描きながら死んでいくのだろうか。

意識を失う直前、自分の顔を覗き込んでいる昇を見た気がした——。

＊　＊　＊

空が明けようとしている。

スカイハイタワーの道路を挟んで向かいにあるコンビニの駐車場に、蒼一は車を停めていた。ブラックの缶コーヒーを飲みながら、タワーの階数を数えていく。三十四階建てだ。昇の携帯に残されていたここの住所も三十四階だった。要するに、ここの最上階に昇は通っていたわけだ。

エントランスにセキュリティがあって店舗は入っていない様子だ。誰か知り合いでも住んでいたのだろうか。しかし週に何度も継続的に通うのは、昇らしくなかった。

異性とのデートは手帳に名前で記されていて日替わりで違う名前だったから、女の線も薄い。

深夜に目を覚ましてからいままで、衝き動かされるように行動してきたが、ようやく感覚が現実にチューニングされてくる。

いまは弟の過去などより陸を探すのが先決で、しかも陸を至急助けなければならないという思い込みも夢によってもたらされたものだった。狐に抓《つま》まれた気分になってくる。

「私はなにをやっているんだろうな」

かなり情緒不安定になっているらしい。

今日は金曜日で平日なのだから、これから出勤しなければならない。手島の携帯に連絡を取るのも、仕事が終わってからでかまわないだろう。なにも一刻を争う状況ではないのだ。

とりあえずいったん自宅に戻って出勤の支度をしようと、車のエンジンをかけようとしたときだった。スカイハイタワーのエントランスから出てきた男が道路を渡ってきた。

「……」

蒼一は咄嗟に腕で顔を隠した。そうしながら確かめる。見間違いではない。

――どうして野木があそこから？

野木は蒼一の車の横を通って、コンビニエンスストアへと入って行く。蒼一は車を降りて、ガラス張りの店内を覗き込んだ。そして野木がクラッシュアイスの袋をいくつも籠に入れるのを目撃する。

氷がなんに使われるものかが瞬時に思い当たり、蒼一は強烈な悪寒に襲われた。

陸は野木といるのだ。

おそらく、あのタワーマンションの最上階だ。そこで氷風呂に浸かり、死のクライミングに向けて肉体を鍛えているのだろう。

夢と現実が一枚になる。昇の声が甦る。

『兄貴、俺が豪士を支えてるうちに、下りて助けてやってくれ』

これは偶然などではない。

弟が与えてくれた必然を逃してはならない。

蒼一は野木がコンビニから出てくる前にスカイハイタワーのエントランスへと向かった。一階ロビーのセキュリティドアの右手前にある郵便ボックスルームに隠れる。

野木が戻ってきて、壁のリーダーにカードキーを通した。蒼一は郵便ボックスルームから走り出て、野木にくっついてドアを抜けた。そのまま野木の肩を抱く。

「ひっ…なにを――」

驚いて飛び上がった野木の顔が、みるみるうちに青褪めていく。彼をがっちり確保したまま、蒼一はエレベーターに乗り、三十四階のボタンを押した。

「陸に会いに来た」

「く、陸さんは、ここにはいません」

「それは一緒に行って、確かめさせてもらう」

「…………どうやって、ここが」

蒼一は緩く笑みを浮かべて至近距離にある男の顔を覗き込む。

「弟が教えてくれた」

お化けに遭ったみたいに、野木が身体を震わせる。

それにしても、半月ほどのあいだに野木はげっそりとやつれていた。目の下には青黒く隈が浮いている。瘦せたぶんだけ頰骨が出っ張って見える。いまの野木なら暴れられても、力ずくで部屋の鍵を開けさせることができそうだ。

しかし、意外なほどあっさりと、野木は蒼一にカードキーを渡し、入室を許したのだった。

もしかすると本当に陸はいないのかもしれない。不安を覚えながら、蒼一は広々とした空間を足早に進んでいく。

「陸！　陸、いるのか」

歩いているうちに、なぜかよろけた。

壁に手をついて進んでいくと、正面に東京湾の景色が広がる大きな部屋に出た。天井がやたらに高い。壁に一メートル四方の巨大なパネルがかけられていた。「11．00」という数字が表示されている。時計ではないようだ。

ここはトレーニングルームらしい。各種マシーンが揃えてあり、人工壁まで設えられている。

――昇が通っていたのは、トレーニングのためだったのか。

そしていまは、陸がここでトレーニングをしているのではないか？

眩暈を覚えながら広い部屋を走り、人工壁の一角にあるドアを抜けた。少し走っただけなのに、異様に身体が重い。

ドアの向こうは居住スペースになっていた。ダイニングの奥にあるドアを開ける。

「あ…」

そこはベッドルームだった。

カーテンを全開にされた窓から注ぐ朝陽に、手足の長い裸体が照らされている。

「陸！」

蒼一がベッドに駆け寄って大声で呼ぶと、長い睫が重そうに上げられた。目が合うのに、どうやら幻だとでも思っているらしい。陸が甘えるように笑った。

「今度は…蒼一か」

陸の両手首はベッドヘッドの格子にザイルで縛りつけられていた。固く結ばれているそれを外す。

なにか服を着せなければと、クローゼットを覗く。

なかにあった下着とTシャツ、ハーフパンツを出して、ぼんやりしたままの陸に着せていく。

「………」

すべて身につけさせたところで、陸が急に両手で蒼一の頬を挟んできた。

クライマーのいかつい手指に、たどたどしい動きで顔を辿られる。

「ほん、もの？」

疑う陸に、蒼一は強く頷いて見せる。

「本物だ。ここを出よう」

「――――」

陸は震える唇で深く呼吸をすると、自身の頬を音が立つほど激しく叩いた。

そして改めて蒼一を見た目は、焦点がしっかり定まっていた。乾いてひび割れた唇がぎこちなく動く。

「蒼一、俺でいいのか？」

尋ねられ、続いて宣言される。

「俺を選んだら、もうノーマルルートには戻れない……戻らせない」

陸の本心が伝わってきて、蒼一の心臓は震えた。

疎ましさから自分を拒絶したのではなかったのだ。一般的な人生から踏み外させまいと気遣ってくれてのことだったのだ。

純粋な優しさが、じんわりと胸に染み入る。

真剣な問いかけに、蒼一もまた真剣に答えた。

「ノーマルルートに戻るつもりはない」

陸が身体の緊張を解いたのが、肩のラインでわかった。

そして、ふたたび肩に頼もしい力が籠もる。

「俺がちゃんと蒼一をリードする」

「ああ、頼む」

ふたりで、寝室をあとにする。

居住スペースからトレーニングスペースへと抜ける。その時、蒼一は例の壁のパネルが「10．0」になっているのを見た。

玄関に着いた蒼一がドアを開けようとすると、陸が首を横に振った。

「コントロールルームから操作しないと、内側からは開けられない」

陸が玄関横の部屋の仰々しい鉄製の扉を開けようとしたときだった。廊下全体に野木の声が響いた。

『陸さん、外には出られませんよ』

壁に埋められたスピーカーから聞こえている。

陸が鉄扉を拳で叩く。

「なかにいるのかっ⁉」

『ここから見守っていてあげます。陸さんも中井先生も、そろそろ眠くなってきたんじゃないですか？』

「野木っ、まさかまた」

『大声を出すと、苦しくなりますよ？』

ふたりがなんの話をしているのかわからないが、蒼一はすでに息苦しさを覚えていた。空気を吸っているのに、肺の奥まで届ききらないような感覚だ。陸が手首を握ってきながら言う。

「腹式呼吸だ。落ち着いてゆっくり呼吸しろ」

トレーニングスペースへと戻ると、陸がパネルを見た。

「８．５５パーセント……七千メートル級だ」

その言葉で、蒼一はようやくパネルの数字が酸素濃度を示すものだと理解する。さっきから身体の調子がおかしいのは、そのせいだったのだ。

「一般の低酸素施設とは違って、ここはどこまででも濃度を低くできる。６パーセント台になると俺も失神の確率が高くなる——その前に、なんとかここから脱出する」

酸素濃度をどこまでも低くできるということは、要するに野木は簡単に自分たちを殺せるわけだ。

「でも…玄関から出られないなら、どうやって脱出するんだ？」

パネルの数字が「７．８０」になる。焦燥感に呼吸が速くなる。身体が震える。

ふいに陸が正面から身体を重ねてきた。強い腕に抱き締められ、耳元で囁かれる。

「大丈夫だ。蒼一をちゃんと地面に連れて行く」

耳の下にキスをされた。酸欠のせいか、それだけで腰が砕けそうになる。陸がギュッと抱き支えてくれた。

しかし、果たしてどんな脱出法があるというのか。

「蒼一はここで動かないで待っててくれ」

そう言い残すと、陸はトレーニングスペースの奥にある部屋へと入っていった。戻ってきたとき、彼の腰にはハーネスが装着され、クライミング用具が腰から下げられていた。腕には輪になった大量のザイルがかけられている。

「7．30」

標高八千メートルの酸素濃度だ。平地の三分の一しか空気がない。陸に手招きされて歩き出すが、数歩歩いては止まってしまう。

なんとか居住スペースへと入る。陸はドアを閉めると、ドアと壁にロックハンマーを使ってピトンを打ち込んだ。そして二本のピトンにザイルを通して、ドアが開かないように硬く固定した。

「これで野木は入ってこられない」

ベッドルームに移動した陸は三束のザイルを床に下ろし、それらの端を丹念に繋ぎ合わせはじめる。手がかじかんでいるかのように、うまく動いていない。ようやくロープを結び終わる。

立ち上がった陸がふらつく。

ベッドルームの壁にも五十センチ四方のパネルが埋め込まれていた。

「7．00」

次の瞬間、六パーセント台に突入する。

蒼一は身体がベッドのなかにズズズズと吸い込まれていく感覚を覚える。

五感と切り離された意識が小さく圧縮されていく。

ついには濃厚な雫になって、どこかからどこかへと落下していく。霧が深くかかった空間をどこまでも、果てしなく――――。

ゴォオォォォ。

ふいに下から突き上げるように風が吹いた。

落ちてきた分の距離を一気に上昇していく。意識が薄く引き延ばされていく。ベッドのマットレスからシーツを突き抜け、弾き出る。

現実の肉体がビクンッと跳ねて、蒼一は大きく目を見開いた。

「ぁ…ふ…ゲフッ」

眩しい。

風と海をじかに感じる。

新鮮な空気が、部屋にどっと流れ込んでいた。そこに含まれた大量の酸素を受け入れられなくて、蒼一は激しく噎《む》せた。まるで毒みたいに、身体中に酸素が巡りだす。

「は、ぅ、は……はッ」

「蒼一、大丈夫か？」

尋ねてくる陸の手は、直径二メートルほどのいびつに丸くて薄いものを支えていた。

ガムテープが放射線状に張られた……。

「窓、ガラス？」

陸がちょっと苦笑する。

「低酸素で俺も軽くパニックになってた。窓を割ってからザイルを延長すればよかったんだ」

「……そのザイルと窓で、どうするつもりだ？」

薄々予想はついているが、確認せずにはいられなかった。

陸がザイルを窓の外に放るジェスチャーをする。

「五十メートルのザイルを三本繋いだ。ここから地上まで、これで足りるはずだ」

このロープを使って、懸垂下降するつもりなのだ。

高所から下降器をもちいて下りるのは中高時代にかなり訓練をした。だが、こんな百メートルを軽く超える下降などしたことはない。

「…………腕が鈍ってるどころじゃないと思うんだが」

フローリングの床の三箇所にピトンを打ち込みながら陸が噴き出す。

「蒼一に自分で下りろなんて無茶は言わない」

三箇所のピトンが支点になるようにザイルを固定する。そうやって、下降の際にかかる重さを分散するのだ。ザイルを傷つけて切断しないように、下部に残っている窓ガラスを綺麗に取り除く。

そして陸が蒼一へと手を伸ばしてきた。

「立ち上がれるか？」

陸に助けられながら、まだ爪先のほうが痺れている足で立つ。

その蒼一の腰に、陸がハーネスのベルトを巻く。

「やっぱり俺より細いな」

ベルトの孔に金具を入れながら陸が嬉しそうに言う。それから左右の脚の付け根にもそれぞれベルトを巻く。腰と、脚の二箇所のベルトは前と後ろの紐で繋がっているため、心強い固定となる。

蒼一のハーネスの臍のところにザイルが繋がれる。伏せられていた陸の長い睫が上げられた。まるで山の頂で風に吹かれているかのように、陸は気持ちよさそうな顔をしている。蒼一は小さく笑ってしまう。

「すごく楽しそうに見える」

「楽しい。平地に降りたくないぐらいだ……でも」

陸の顔がごく自然に近づいてくる。

そして蒼一もまた、憧れのクライマーの唇を、ごく自然に唇で受け止める。

一瞬、超高峰の頂に広がる眩しい空が見えた気がした。

「俺は蒼一のためになら下りられる」

「……」

陸はここに監禁されている様子だったが、彼がその気になれば、こんなふうに脱出する方法はあったのだ。しかし自分自身のためだけに、それを敢行する気になれなかったのだろう。

死に惹かれていたからだ。

そして、いまは生に惹かれているから、平地に還るのだ。

陸は蒼一の身体を背負うかたちで固定した。この先はふたり分の体重をザイルと支点に預けて、鏡板のようなマンションの壁を蹴って下降していくわけだ。

外界と繋がる窓の穴を背にする。風が後ろからゴオゴオと吹きつける。地上まで百数十メートル。

胃が浮き上がり、同時に強烈な高揚感が湧き起こる。

逞しい肩を背後から抱いて、蒼一は陸の耳に囁く。

「重い錘で、すまない」

陸が首を捻じり、なぜかひどく驚いた顔で蒼一を見た。驚きの表情が、泣くみたいに柔らかくなり、そして力強く整う。

ふたりの身体がポーンと青い中空へと飛び出した。

10

院長が脳死移植を積極的におこなうことを決めようとしていた矢先に、心臓血管外科の村田医師が退職した。

以前から声をかけられていた他病院に引き抜かれたのだ。

村田と親しかった医師の話によると、彼は病院の煮えきらない姿勢以上に、自分が今井教授の切り札としてパワーゲームに利用されるのが我慢ならなかったのだという。今回のことは、海外の能力主義の医療現場で腕と自我を磨いてきた人間ならではの選択だった。

その村田の決断は、蒼一の心に清々しい風穴を開けた。

「これで、うちはいままでどおりというわけだ。村田くんに感謝しないといけないいな」

整形外科部長の高原は機嫌がいい。次期副院長のポストがふたたび濃厚になったからだ。

蒼一は高原に、今日の仕事上がりに時間を作るようにと言われ、以前にも利用した小料理屋に連れて来られた。個室で向かい合って座っている。

「しかし、中井くん。君にはがっかりさせられたよ」

高原が顔をしかめて続ける。

「まさか、君が私を裏切るとはね」

脳死移植の件のヒアリングをされたとき、蒼一は院長に脳死患者からの移植を支持すると、自分の考えを告げたのだった。院長は各医師の意見は決して公表しないと言っていたが、次世代の権力を握ることになるであろう高原には漏らしたわけだ。

それも想定の範囲内だったから、高原に詰られても蒼一の気持ちは落ち着いていた。率直に話す。

「脳死移植は日本の文化的な問題もあって、課題は多くあります。それでも、いつかは乗り越えなければならないことです。乗り越えるのを、人任せにするか、自分で乗り越えるか。私は、後者でありたいと思いました」

「私の顔に泥を塗ってもか？」

「医師として必要なことを教えていただき、また難しいオペも信頼して任せていただけて、先生の下で医学の道を歩んで来られたことを、とても幸運だと思っています」

言葉に偽りはない。

「しかし、自分がどういう医師になっていくかは、自分でひとつひとつ選択して決めていくしかない

――そう実感しています」

「……後悔はしていないということか？」

苦い声で問われる。

「していません」

長い沈黙ののち、高原が目を閉じて言う。

「君には娘はやれない」

優奈は蒼一の部屋に泊まった晩から、一度も連絡をしてこなかった。蒼一のほうからも連絡は取らなかったし、高原に事実を告げることもしなかった。

いくらかややこしいことになっても、優奈自身の口から父親に真実を告げてほしいと考えていた。

そうならなかったことに少し残念な気持ちになりつつ、それが優奈のいまのあり方ならば仕方がないと思い直す。

自分など三十歳になるまで、うやむやな選択を繰り返してきたのだ。

医師の道を進むという大きな選択も、高校三年のときの陸豪士との出会いがなかったら、どうなっていたかわからない。

高原はこれ以上の話はないようで、不機嫌な顔のまま目を閉じて黙り込んでいる。蒼一が場を辞することを告げると「ああ」という返事だけが返ってきた。

個室の襖を開けたとき、高原がぼそりと言った。

「娘が君に謝っておいてほしいと言っていた。迷惑をかけた」

「……」

やはり、優奈はまっとうな女性だったのだ。

蒼一は相変わらず難しい顔で瞑目している高原へと頭を下げる。

「優奈さんに、よろしくお伝えください」

やわらかい声が出た。

三十四階の窓から飛び出したのは、もう一週間も前のことだ。いくら早朝とはいえ通行人はいて、陸に背負われて地上に辿り着くころには、ちょっとした人だかりができていた。警察は来ていなかったため、向かいのコンビニエンスストアに停めてあった蒼一の車で、そのままスカイハイタワーをあとにした。

興奮しすぎていて、車のなかでも互いに何度も目を見合わせて笑った。

少年のころに夢見た冒険を体験した朝だった。

野木は失踪し、手島はどうやら野木に上手く丸め込まれていたらしく、陸と蒼一に深く謝罪した。

そして引き続き陸のバックアップをさせてほしいと願い出たが、陸はそれを辞退した。

『山によけいな錘を持ち込みたくない』

彼らしい潔癖さで、この先また山に登ってもそれは生へと向かう前進なのだと、蒼一は信じることができた。

陸は以前アルバイトをしていたところで雇ってもらうことができた。高所に広告看板を設置する仕事だ。ヒマラヤの超高峰でも、酸素ボンベを使わずに単独登攀する分には、それほど大金は必要ない。だからこれまでそうしてきたように、陸は自力で資金を貯めることにしたのだ。

しかし、蒼一は自分にも少しだけ軍資金を出させてほしいと申し出た。いい格好をしたいわけではなく、陸が超高峰に挑むことは、蒼一自身の夢の実現でもあるからだ。

陸は快諾してくれた。その特別扱いが、誇らしかった。

今晩も陸の作ってくれた夕食を口にする。陸の手を通った食物が身体中に行き渡り、内側から満たしてくれる。サラダにはたくさんのキュウリが入っている。煮物にはオレンジ色のニンジンが彩りを添えている。

陸は茶色いランニングシャツにハーフパンツ、蒼一はスーツ姿からジャケットとネクタイを抜いた姿だ。食事をしながら、蒼一は病院のことや、今日仕事が終わってから高原教授と話し合いを持ったことを喋った。

あまり平地の人間の話に興味を示さない陸だが、優奈の話の部分で露骨にムスッとした顔になった。

「危ない女だ」

「つい嘘をついたりするところはあるが、反省して、父親に打ち明けたんだ。危なくはないだろう？」

陸が目を眇める。

「そういうところが危ない」

「え？」

「蒼一のなかでは、反省できる可愛げのある女ってことになってる」

「……、それは間違ってはいないが」

「やっぱり危ない」

陸の不機嫌の理由を蒼一は理解する。素直すぎるのがおかしくて、からかう。

「陸でも嫉妬するのか」

からかったのに、大真面目な顔で返された。

「高原優奈がここに押しかけてきたとき、嫉妬で頭が沸騰した」

「……」

「顔も雰囲気も身長も蒼一の横にいたらぴったりで、蒼一はきっとこういう女がいいんだと思ったら、苦しくて――K2の頂上付近と同じぐらい、苦しかった」

スカイハイタワーで味わった強烈な低酸素状態を蒼一は思い出す。あれは身体中が悲鳴を上げる苦しさだった。

陸は大袈裟な表現をするタイプではないから、おそらく本当にそんな体感を味わったのだろう。申し訳ないのと同時に、それほどまでに嫉妬してくれたことを嬉しく感じてしまっていた。

「私はK2並みか」

そう独り言をすると、陸が向かいの椅子から立ち上がった。机を回って、蒼一の横に来る。陸がキスするみたいに覆い被さってきたかと思うと、ふいに椅子ごと身体が浮いた。

座部の左右をがっしりと摑まれていた。九十度横に回転させられた椅子の、四本の脚が床につく。

蒼一の左横にテーブルがある。

座部を摑んだまま、陸が床に両膝をついた。

蒼一のスラックスの脚は自然に開き、陸の身体を挟む。

……さして重くもないように持ち上げられたことに驚いてしまっていた。陸の肉体は筋骨隆々というわけでもなく、細身に締まって見えるが、トレーニングの効果は確実に現れていた。

初めて抱かれたときとも、初めて抱いたときとも違う、生命力に煌く肉体だ。

二重の浅い目にじっと見上げられている。

部屋の酸素濃度が一気に下がったかのように、蒼一は息苦しさを覚える。眩暈がして、少し耳鳴りもする。

自分もまたK2の高みへと連れ去られたみたいだ。

「蒼一」

憧れの頂を見上げる眼差しを向けられる。

「もう一度、蒼一を登攀したい」

単なる性行為が、ずいぶんと大きなスケールに感じられて、蒼一は少しおかしくなる。しかし陸のほうは真摯な表情だ。

「いろんなバリエーションルートで、俺しか知らない蒼一を見つけたい」

陸の手が椅子の座部から離れて、蒼一の腿の外側を包む。特別な力を持つ指先が服越しに肌をへこませる。熱い痺れがそこから拡がる。脚を開かされていく。それだけで下腹の器官がトクリと脈打つ。

陸が膝立ちして身体を伸ばし、ワイシャツの胸を唇で探りだす。上唇と下唇を歩くみたいに蠢かせるのが、異様にくすぐったい。そのせいで胸の突起が凝ってしまっていたらしい。陸の唇が粒に蹴躓《けつまず》く。

陸が目を上げる。視線が重なる。隠されている乳首をやわらかい唇で挟まれた。

「……、…」

ビクビクッと身体が震える。

もともと弱い場所ではあるが、陸にいじられるとあり得ないぐらいの刺激に苛まれる。唇でクリクリと転がされているだけなのに、下着の前が張っていくのを蒼一は自覚する。

含まれている部分の布が唾液で濡れて、肌にへばりつく。舌の感触がリアルに伝わってきた。粒を捏ねられていく。

スラックスのベルトが外され、前を開かれた。下着の合わせから性器を握り出される。陸の身体で見えないが、上下に擦る手の動きの大きさから、性器の状態がよくわかった。

乳首を嬲《なぶ》られているせいなのか、先走りが大量に溢れる。陸が手を動かすたびに、濡れ音が立つ。

すぐ横に並べられている和食の香りが、鼻腔をくすぐる。

日常風景のなかでおこなわれる性行為はどこか背徳的で、切り替えができないまま欲望が昂まる。

戸惑いに、蒼一は陸の肩を押して提案する。

「陸――ベッドに…行こう」

陸が素直に胸から唇を離した。身体と身体のあいだに空間ができて、蒼一は自身の反り返ったものを見てしまう。赤みを帯びた茎はこれ以上ないほど張り詰め、真っ赤な先端はぐちゅぐちゅに潤んでいた。

陸もまた、それをじかに眺める。

「こんな、すごく感じてるんだ？」

男の劣情は隠しようも誤魔化しようもない。

見つめられて指摘されて、陰茎が小さく頭を振る。その様子にたまらなくなったらしく、陸が急に顔を伏せた。過敏になっている器官にむしゃぶりつかれた。

「ん…ぁ」

溢れてしまう声を、手の甲を嚙んで殺そうとする。

上体がどんどん前傾していく。亀頭を口のなかで揉みくちゃにされて、椅子がガタッ…ガタッ…と音を立てる。

「い、ぁ、あ」

強すぎる快楽に、テーブルの端を左手でグッと摑む。力の入る指先がどんどん白くなっていく。第一関節が反り返る。

陸の頭は忙しなく動きつづける。

口だけでなく両手まで使われて、もう細かい刺激の判別ができない。熱い嵐に呑まれた。

「っ、出る――、…!!」

陸の口内にドクドクと重い粘液を射ち込んでいく。

性器が口からずるりと抜ける。

陸は自身の唇のなかに中指をいったん入れて、出した。指に付着した白い体液を目で見て確認してから、喉を大きく上下させて口内のものを呑み込んでいく。呑み込みにくそうなのは、とても濃いからだろう。何度も喉を動かすのは、量が多いからだ。

肌がビリビリするような羞恥を蒼一は味わう。

ようやくすべてを嚥下した陸はテーブルのうえに手を伸ばして湯呑みを取った。注いである日本茶を口に含む。頬の動きで液体を口内で回しているのがわかった。口を漱いでいるのかと思ったら、そのままごくりと飲み込んだ。

「――とりあえず、シャワーを浴びてくる」

「そのままでいい」

「こっちは了解できない」

みっともなく火照っている肌を水で冷やしたい。陸から少し離れて、深呼吸をしたい。呼吸がひどく速くなっていて制御できない。しかし制御できないのは、別の部位もだった。

下着にしまおうとするのに、性器がまた勃ってしまっていた。

それに気づいた陸が、また亀頭をぱくりと口に含む。果てたばかりの先端の小さな孔を舌先で抉られた。

「やめ…、っ…ッ…」

つらすぎて腰が跳ねて、椅子からずり落ちる。それでも陸は下腹から顔を離さない。床に横倒しになった蒼一は陸の髪を掴む。

「ぁ、ふ…舐め…すぎ…」

蒼一のものを嬲っている陸が腰をもぞりとさせた。蒼一の頭のほうに脚が流れているため、ハーフパンツの下腹が張っているのがよく見える。

とても我慢できなくて、蒼一は手を伸ばした。指先にものすごく硬いものが触れた。掌でさすると、陸がくぐもった声で呻く。

ハーフパンツと下着をまとめて掴む。期待しているのか、陸は大人しく衣類を膝まで下ろさせてくれた。

強く芯を通した性器が横倒しの腰からビンッと突き立つ。性茎どころか黒々とした叢までしっとりと濡れていた。

互い違いの姿勢で、よく鍛えられた腰を抱き寄せる。

いまにも破裂しそうに筋を浮かせたものに舌を這わせると、陸が「んう…っ」と喉を鳴らして、蒼一のものを口腔《こうこう》で締めつけた。

ダイニングのフローリングの床のうえで、並みよりかなりサイズの大きい器官を互いの口に含み合う。舐める感触と舐められる感触に、蒼一は興奮と安らぎをともに感じる。粘膜で感じる陸の昂ぶりに引きずられて、蒼一は二度目の射精を迎えた。

「は…ぁ、——陸……陸も」

陸のものも果てさせようとするのに、口からぬぐりとペニスを抜かれた。

「まだ、もったいない」

仰向けになった陸が絶頂感をやり過ごそうと腰をよじって喘ぐ。露出している腕や下腹、首筋にストイックな筋肉の流れが浮き上がる。極限まで膨らんだ性器が苦しそうに震える。

その様子を見ているうちに、蒼一は脚の狭間に疼きを感じはじめる。後孔がヒクヒクする。自慰のときは、いつもそこに指を二本挿れてしまう。陸のあの逞しい男の部分を挿れられるところを想像して、果てる。

陸はなんとか波を越えたようで、深呼吸すると上体を起こした。そして膝にわだかまっている衣類を脚から抜いた。ランニングシャツ一枚だけを身に着けた姿になる。

蒼一は二度果てた直後なのにまだ芯が残る性器をしまい、スラックスのファスナーを上げた。

「どうせ脱ぐのに」

そう言いながら陸が手首を摑んできた。

熱くて硬いクライマーの掌の感触に、蒼一は恍惚となる。

「ベッド」

行く先を口にしながら陸が立ち上がる。蒼一も立ち上がり、手を引かれるままにリビングを抜けてベッドルームへと向かう。

明るい室内のなかをランニングシャツ一枚という格好で歩く青年の後ろ姿は、まぬけなはずなのに、その長くて筋肉が綺麗についた手足や丸く引き締まった臀部のせいで、見惚れるほど完璧に見えた。

ベッドルームのライトが点けられる。陸のベッドへと連れて行かれた。

手首を引っ張られて、身体がマットレスに沈む。陸が覆い被さってくる。

唇がふにゅりと重なった。表面を擦り合い、食み合う。キスに溺れているうちに、蒼一のワイシャツの前は開かれていた。

陸の唇が少しずつ肌のうえを歩きだす。頬から耳へ、耳から首筋へ、首筋から鎖骨へ、鎖骨から胸へ——乳首を舐められながら、スラックスと下着を下ろされた。

肋骨の波を舐め辿った舌が臍に潜り込む。衣類を足先から抜かれる。靴下も脱がされた。

ワイシャツだけ腕に通した姿で、露わになっている肌をさまざまな順路で吸われていく。脇腹を吸われたとき、思わず声が出た。そんなところに弱点があるなど、いまのいままで知らなかった。

「ぁ、あ」

頭が朦朧となって、やたらに目が濡れる。

うつ伏せの姿勢で、体内に指を挿れられた。その指はぬるついていた。

シーツのうえにチューブが転がっていた。陸がマッサージに使っているものだ。

——陸を抱いたとき……使った。

その時のことを思い出すと、興奮が昂まる。陸に指で犯されながら、陸を犯したときの体感を反芻する。

三本の指でねっとりと内壁を開かれた。節の部分に簡素な襞を乱される。

「っ…ぅ…ぁ」

「この狭い割れ目《クラック》、攻め倒したい」

陸にとってこのセックスはクライミングと同じなのだ。それが嬉しい。

「俺のあそこ、パンプしそう」

訴えられて、蒼一は首を捻じって陸に横目を流す。

「好きに攻めていい」

余裕がないらしく、陸の指が慌ただしく抜けていく。

腰を抱えられる。後孔を大きなものに押し潰された。何度も押し潰されたのちに、襞が男の器官を受け入れはじめる。

「ん——大き…ぁ、ああ…ぁ」

身体を底から目いっぱい拡げられていく。

陸が擦れ声で呟く。

「あ、ぁ、進めない…まだ半分しか——きつ…ぁ、きつい」

初めてのときそうしたように、ただ力ずくに突き入れることならできるのだろう。しかしいまの陸は、拒むように締まる内壁を読んで、気遣ってくれているのだ。

それがわかるから、蒼一はなんとか受け入れようと粘膜を意識的に開く。

「ぁ、蒼一のなか……ぁっ、あ、あ、んんン」

すべてが繋がりきった。

馴染ませるように慎重に身体を蠢かせたのち、陸が腰を弾ませる。肌がぶつかる音とともに、蒼一の身体は前に後ろにと引きずられる。シーツにしがみついて、なんとか重心を定めようとする。

視界が飛んで、身体の中心が熱くなっていく。

「っう…熱い……陸の、熱い」

陸の動きがどんどん速くなる。このまま上り詰めるのかと、蒼一もまた性器を膨らませながら息を詰める。

ひと際深くまで繋がり——次の瞬間、一気にすべてが引き抜かれた。

「えっ、…………、あっ、く」

なにが起きたのか理解できない蒼一の両腕からワイシャツが抜かれた。全裸になる。呆然としている身体を横倒しにされた。右脚を抱え上げられる。開いた会陰部を亀頭で擦られる。それがズレていき、ずぷりと粘膜に嵌められた。

さっきとは違う角度で満たされる。新たな快楽を教えられる。また、陸の腰の動きが忙しなくなっていく。蒼一の性器も芯を通して根元から揺れた。快楽を泡立てられて——また、繋がりが外れた。空っぽになった場所がヒクンヒクンと喘ぐ。

陸の手が身体中に這う。岩を掴む手で骨のかたちを確かめるように触られた。蒼一は体内で繰り返されている妖しい蠢きに戸惑い、強い欲求に駆られる。

「どう…して」

「ん?」と陸が喉で聞き返す。

「どうして、抜くんだ…っ」

陸がタンクトップを脱ぎながら言う。

「いろんなバリエーションルートを極めたい」

「……そんな」

「いまにも出そうできついけど、すごくいい」

今度は身体を仰向けにされた。正座をした陸の下腹へと、脚を開いた下肢を引き寄せられる。あまり抵抗もなく、ぬっと身体が繋がった。

「い、ぃ——あ、ああっ」

「ぁ…締めすぎ…、ッ」

まともな抽送もしないまま、陸が身体を引いた。

もどかしく高められて、蒼一の身体はカクカクと震える。まとまった快楽が欲しくて、頭がおかしくなりそうだった。

——陸が…欲しい。

その一心だった。

蒼一は震えが止まらない脚を開いて、狭間を陸へと晒した。会陰部に手を這わせる。とろとろになっている後孔を人差し指と中指で開き、なかの粘膜を見せる。

「はや、く」

こんな痴態をできてしまうことが信じられない。陸によって暴かれた自分の一面だ。

「早く、ここに挿れてくれ」

陸の喉仏が大きく震える。そして制御を失ったように、蒼一へと圧《の》しかかってきた。

ずるんと熱い肉がひとつになる。

——もう、逃がさない。

懸命に腰を振り出した青年の引き締まった臀部へと、蒼一は手を這わせた。双丘を鷲摑みにして自分へと引き寄せる。

陸が細かい律動を繰り返す。

「あ…あっ、蒼一——蒼一」

その懸命に跳ねる青年の双丘の底へと、蒼一は指を這い込ませた。

「ん――――?」

犯すリズムが大きく崩れた。そして陸の身体が強張る。

陸の粘膜のなかに沈めた蒼一の指は、ぎゅううっと締めつけられた。指から快楽が拡がる。

「そ、蒼一?」

体内の凝りを探り当てる。爪でコリコリと押すと、陸が全身を波打たせた。

「っ、指、外し…っ」

「これもバリエーションルート、だ」

「は…ぅ…うぅ…ぁ、ぁ、あ、あっ」

猛然と腰を動かしながら、陸が顔を真っ赤にする。

もう撤退できなくなったペニスは、蒼一のなかを荒らした。陸がすすり泣くような声を上げつづける。

「そういち…蒼一…っく、ん、…」

動きが止まる。

ようやく粘膜の深い場所に、激しい到達の証が撒かれだす。

蒼一は満たされながら、霞む目で陸の唇を見極め、そこに唇を押し当てた。

エピローグ

横で眠りこける男をベッドに残して、蒼一はそっとベッドルームをあとにする。冷蔵庫のミネラルウォーターをひと口飲んで、リビングのカーテンを開ける。

夜明けの気配のする空が視界に広がる。

数日前に訪れた梅雨明けは、待ち望んでいたものであり、同時に恐れていたものだった。

窓ガラスに繰り返し息を吹きかけて、気持ちを落ち着けようとする。

その窓ガラスに薄っすら映る室内に、人影が生まれる。裸の上半身のシルエットの美しさに蒼一は見惚れる。男は長くて逞しい腕を宙に上げて伸びをした。シルエットが等身大に近づく。

陸が後ろから抱きついてきた。

「早起きすぎる」

「君はまだ寝ていていい……昨日は寝るのが遅かっただろう」

蒼一の肩に顎を載せて、陸が甘い溜め息をつく。

「昨日もすごかった。最近、騎乗位が多いから、俺は楽させてもらってるけど」

「――――」

ここのところ気持ちが不安定なせいか、陸の身体が欲しくて仕方なくなる。繋がって、自分といることを確認したくなる。

「三週間後、か」

呟くと、陸の頷きが肩に伝わってくる。

……三週間後に、陸はヒマラヤへと向かう。

K2での遭難から二年をかけて、彼の肉体は見事な回復を遂げた。この間の冬にローツェ南壁を単独登攀する計画を立てていたが、手島との関係が切れたことで流れた。

それでよかったと、蒼一は心から思う。

いくら以前、昇と冬季ローツェ南壁無酸素登頂を成し遂げたとはいえ、一度できたという事実が、二度目もできる保障にはならない。しかも単独登攀となれば、心身の負担は尋常ではないのだ。半年前の万全とはいえない状態で臨んでいたら、陸は高確率で還らぬ人となっていただろう。そもそも、それこそが当初の陸の目的だったのだが。

今回は死にに行くのではない。

命の質を高めるために行くのだ。

だから、今年の夏はヒマヤラに十四座ある八千メートル級の山のひとつ、チョ・オユーへの単独登攀を陸は選択した。比較的、難易度が低いとされている山だ。しかし、それはあくまで十四座中の比較であって、どんなベテランでも命を奪われるときは奪われる。

「陸。生きてさえいてくれたら、私が全力を尽くして助ける」

陸が山でそうするように、医療現場で自分は命の質を高める。

それぞれの場所で全力を尽くしていくしかない。

「生きて戻ってくる」

耳元に温かい吐息と声がかかる。

「……昇に、錘を作れって言われたんだ。平地に連れ戻してくれる超重量級の錘を作れって」

「本人は錘なんてバカバカしいと思ってそうだったがな」

「昇は『背負う勇気がなくて、錘を手放した』って言ってた」

「あの昇が……意外だ」

陸の抱擁がきつくなる。秘密を教える声で告げられた。

「昇にとって唯一錘になる可能性があったのは、たぶん蒼一だ」

あまりにも予想外の内容で、蒼一は苦笑してしまう。

「それはない。兄弟仲は最悪ではなかったが、よくもなかった。私が大学進学でクライミングをやめると決めたときも喜んでたぐらいだ。『兄貴とはザイルを結べない』とまで言われた」

「……クライマーにもよるけど、恋人や奥さんと登ると、相手のことを無意識のうちに気にかけすぎて、普段はしないミスをしたりするらしい。昇はそれが怖かったんじゃないかと思う」

「…………」

中学二年の夏のことが思い出された。小学六年の昇と河原で岩登りをして、あり得ないことに昇が岩から落ちて大怪我をした。

あの日を境に、昇は蒼一と並んでクライミングしないようになった。

「でも、部活の人工壁でも、私にはビレーヤーすらさせなかった。人として信頼されていなかった」

「慎重・臆病・退屈」

「え？」

「昇が蒼一のこと、そう言ってた」

「……。当たってはいるか」

「蒼一のこと信頼はしてたんだ、きっと。でもペースは合わなかった……それに、自分になにかあったときに蒼一が傷つかなくてすむように、距離を取っておきたかったんじゃないかって、最近よく思う」

最後のほうは、陸自身が感じていることのように思われた。

「――よけいな心配をしすぎだ。下界で生きていける私は、なかなか強《したた》かだ」

「そう、だな」

後ろから体重をかけられて、蒼一は窓ガラスに両手をついた。

その手に陸の手が被さる。

「昇が、蒼一の手を綺麗だって言ってた」

指の股にキュッと指が入ってくる。

「俺も、そう思う」

陸の心臓の動きを背中に感じる。腕や腰や脚がぴったりと重なっていた。

右手を強く握られる、陸の右腕の筋肉が張り、次に左脚が硬くなる。それから左腕が盛り上がって、右脚に反応が起こる。胸筋や腹筋が、波打つ。

蒼一は目を閉じて、繰り返されていく活動を注意深く追った。

自分の肉体が陸の動きに取り込まれていく。

緩急のある、音楽的な。

——これは……陸のムーブだ。

ひと目見たときから憧れたムーブを、自分の身体で感じている。陸となって、絶壁を登っていく。

「ときどき、氷壁が剝がれて落ちてくる。何キロもの氷の板だ。頭に食らったら、首の骨が折れる」

一年中氷が張りついている崖に、伏せるように身体をぴったりとくっつける。自分の周りをいくつもの氷の板が滑落していく。それが崖の突き出した部分にぶつかっては砕け散る轟音に、心臓が竦む。

「五感を極限まで研ぎ澄ましていくと、直感が働くようになる。それを信じて、登っていく」

きっとここは八千メートル級の山のどこかなのだ。

黙々と登っていく。息が苦しくて身体中が痺れている。一メートル登っては動きを止める。そしてまた登りだす。延々と繰り返していく、気の遠くなるムーブ。

「こうして空を見上げると……わからなくなる」

顎を上げて、空を見る。

宇宙を感じさせる不思議な青が広がっている。

「あそこに登っていくのか、あそこに降りていくのか」

世界がゆっくりと上下の反転を繰り返す。

そうして上下の意味が消失する。

「ああ…」

未知の世界に、蒼一は感嘆の溜め息をつく。

ついに頂に手がかかる。身体をずり上げる。岩場に仰向けに倒れ込む。

あの青に包まれる。

「――ここは、楽園なんだな」

地獄のような苦難のなかにぽっかりとある楽園だ。

ここから出たくない。

ずっと、ここに留まりたい。


「蒼一」

呼ばれて、目を開ける。

すぐ横に陸の顔があって、後ろから抱きすくめられていた。

手をきつく握られる。

陸が眩しそうに目を細めて、見つめてくる。

「蒼一のためになら、どんな楽園からでも、何度でも下りて来られる」

あとがき

こんにちは。沙野風結子です。

今回の自分クエストは「リバが苦手な人でもOKなリバにトライする」でした。ただ絶対に苦手な人もいると思うので、タイトルにもあらすじにもリバーシブルと明記しました。

私自身はリバも含めて、クライマー物にも初挑戦できて、書いていてとても楽しかったです。エッチシーンとしては、リバもなんですが、初回の山岳テイストな感じが気に入っています……ひとりぼっちかもですが。

イラストをつけて下さった和鐵屋匠、それぞれ上になっても下になってもいいほど男前な素敵キャラを、ありがとうございます。表紙の陸のクライマー的肉体美にうっとりです！

担当様、今回もたいへんお世話になりました。これからもよろしくお願いいたします。

そして最後になりましたが、この本を手に取ってくださった皆様。リバはちょっと苦手という方もいるかもしれませんね。わずかでも萌えに掠れたでしょうか？　それぞれの方に、ちょっとでもどこか楽しんでいただけたら、すごく嬉しいです。

これからも自分が楽しいと思えるものを掘り起こしつつ、アンバランスに突き進んでいけたらなぁと思っています。

＊沙野風結子＊http://kazemusubi.com/

この本を読んでの
ご意見・ご感想を
お寄せ下さい。

〒151-0051
東京都渋谷区千駄ヶ谷4-9-7
(株)幻冬舎コミックス　小説リンクス編集部
「沙野風結子《さのふゆこ》先生」係／「和鐵屋匠《わがねやたくみ》先生」係

リンクス ロマンス

リバーシブルスカイ

2010年11月30日　第1刷発行

著者……………沙野風結子《さのふゆこ》
発行人…………伊藤嘉彦
発行元…………株式会社　幻冬舎コミックス
〒151-0051　東京都渋谷区千駄ヶ谷4-9-7
TEL 03-5411-6434（編集）
発売元…………株式会社　幻冬舎
〒151-0051　東京都渋谷区千駄ヶ谷4-9-7
TEL 03-5411-6222（営業）
振替00120-8-767643
印刷・製本所…共同印刷株式会社
検印廃止

ISBN978-4-344-82094-4　C0293
Printed in Japan

幻冬舎コミックスホームページ　http://www.gentosha-comics.net